艾琳・杭特(Erin Hunter) 著
古倫 譯

WARRIORS

# 貓戰士

荒野手冊之I

# 部族解密

Secrets of the Clans

晨星出版

特別感謝圖依・蘇斯蘭

# 部族起源：
# 關於雷、風、河、影、星族

貓戰士部族的歷史典故被世世代代所有部族的貓口耳相傳，從長老傳承戰士、戰士傳承見習生、貓后傳承小貓，歷經每一次的口述，故事都會不盡相同。有些故事的部分歷史已模糊不清，有時又因為口述得以讓失去的歷史重新復活。

關於一些貓戰士的描述已漸漸消失，他們的名字與事跡隨著長老窩的靄靄雲霧而逝，畢竟貓戰士在森林裡居住太久太久了……

## 部族歷史

# 部族的誕生

很久很久以前，有一片蠻荒之地，它的北方是一片寬闊平坦的草原，南方則是一片被湍急河流所包圍的濃密森林，這條河流是從一座峽谷中奔流而出。

有一天，貓群來到這座森林，被它所深深吸引住。這座森林有小動物輕柔的鳴叫聲，有水流潺潺的蹤跡，還有樹林間時而傳來鳥兒振翅高飛的聲響。當時，這群貓還並非戰士，雖然這群貓已經共同居住過，但數量規模不大，還未形成一個部族。因為沒有領地交界的關係，大家都擔心自己的獵物會被盜，擔心自己的領域會遭受威脅，所以貓群互相攻擊的事件層出不窮。這段歷史，是一段毫無守則規範的血腥歷史，許多貓都在這時期喪失性命。

一個滿月之夜，群貓共同決定在一個被四棵巨大喬木包圍下的空地進行開會，卻在針對獵物被掠奪的問題中產生爭執。當下，利爪寒光閃爍，挑釁嘶吼的怒喊聲響徹森林，很快地，這場慘烈戰鬥的地面被飛濺的血液浸濕一片。

當晚死去許多貓兒，倖存者則是遍體鱗傷、精疲力竭，累倒在激戰過後的空地。他們清醒時，空地正巧沐浴在月光之下，環顧四周皆是戰死的至親貓兒，祂們的靈魂不再支離破碎，而是如同殞落的星星般閃耀光芒。

倖存的群貓嚇得縮成一團，當靈魂貓開口說話的那一刻，倖存貓兒眼前浮現的是可怕的未來場景——血染森林，小貓們步步走向死亡邊境。於是，倖存貓兒頓時明白，唯有停止戰爭才能阻止血染的未來發生。

「不團結合作，就只有死路一條。」靈魂貓開口道。

其中一隻倖存的黑色母貓先開口了，她以激戰後無力的雙腿掙扎著站起身，「我的名字叫影。如果我們沒有領導者，怎麼會有辦法團結？我能在最黑的深夜捕獵，就讓我帶領整個森林的貓吧。」

「那你也會帶我們走向黑暗，」一隻綠眼珠的銀灰色公貓反駁道，「我叫河，是我帶領眾貓沿著祕密通道穿越神祕領地來到森林，統領整個森林的貓應該是我，不是影。」

「森林又不只你們兩隻貓，」一隻聲音尖細的棕色母貓也喊道，「只有風能抵達最遠的角落，我奔跑的速度和高地的風一樣快，應該由我來領導。」

倖存貓當中有一隻年紀最長的叫做雷，他是隻性格暴烈的薑黃色公貓，有著琥珀色眼珠和碩大的白色腳掌。「跟我勇猛力量、高超狩獵技巧相比，哪隻貓能勝過我？如果說與生俱備才能的貓才有領導能力，那就非我莫屬了。」

在靈魂貓的關注之下，四棵巨大橡樹下的爭吵聲開始變得紛亂不休。突然之間，烏雲湧起，遮蔽月亮。每隻倖存的貓都抖著身軀張望四周。

此時，一塊高岩上站著一隻虎斑貓，是一隻戰死的貓兒靈魂，儘管昏天暗地，她的皮毛依舊閃爍著光芒。她目光炯炯有神地瞪著底下所有活著的貓。

「你們蠢的像鴨子！」她怒聲道，「難道你們就只會自私的只想到自己嗎？哪怕只是一絲的念頭，你們都該先想到小貓才對。」

爭吵著當首領的四隻貓，都抬頭看著虎斑貓，沉默不語。

「森林這麼大，足以養活你們的家族，甚至容納更多的貓。」她接著說，「你們四隻貓兒必須找到和你們性格相似的貓兒，在這片領土擇地而居，同時還要劃分邊界。」

烏雲散去，月光此時映照著空地邊緣散著亮光的另一隻靈魂貓。那隻白色公貓走上前繼續說道：「如果你們能接受這安排，那我們會另外賜與你們八條命，讓你們可以帶領自己的部族，走過長久的歲月。」

接著發言的是一隻身材瘦長的玳瑁貓，她走到白色公貓身旁，「我們還會在銀河上守護你們。」她承諾道，目光隨即轉向遙遠夜空的繁星之路，「我們會在夢中相會，為你們指引未來。」

「每個月一次，」白色公貓補充道，「滿月的時候你們必須在這裡，在這四棵大喬木之下進行休戰時刻，你們將會在銀河上看到我們，知道我們還在那裡守護你們。如果那晚有血光之戰發生，你們將會見識到我們的怒火。」

「你們終將成為戰士。」高岩上的虎斑貓大聲疾呼。

雷、河、風、影都低著頭。

「從今天開始，你們必須依照戰士守則生活。你們的內心必定充滿勇氣與驕傲，絕不因為自己的私欲而戰鬥，戰鬥只為尊嚴與公平而存在。」

經過一段很長時間的寂靜，雷終於點點頭說道：「這是個很明智的建議，我相信我們這次都能夠很和平的選擇屬於我們的領地，公平地設立邊界。」

眾貓也都點頭表示同意，然後他們便各自散開，去尋找與他們力量與技能都相似的夥伴。河找到的都是願意靠捕魚生活的貓；影找的是尖牙利爪、擅長夜間獵捕的貓；雷挑選的是擅長在灌木叢下追蹤獵物的高手；風則是找到一群喜歡在曠野奔跑的貓。

然後，他們開始劃分領地，確保部族的每隻貓都有足夠的獵物與生存空間，所有貓都可以過著安穩的生活。當族長們重新回到四棵巨喬木時，他們和平地度過休戰之夜，並且讓那些星光熠熠的祖靈們賜與他們另外八條命。

往後部族之間並非總是毫無摩擦，但這也是在所難免的，貓族天生就擁有尖牙利爪。但是他們只要遵照戰士守則生活，那些殞落的祖靈將會在天上守護他們，指引他們度過一生。

這就是貓戰士時代的開始。

## 戰士守則

1. 保護你的族貓，不惜犧牲性命。你可以跟其他部族的貓維持友誼，但你必須對你的部族效忠，就算他日必須在戰場上跟他們作戰。
2. 禁止侵入其他部族的領域，更不准進入狩獵。
3. 見習生與戰士必須先餵飽長老與小貓。在沒有為長老獵得食物之前，除非獲得許可，否則見習生是不准進食的。
4. 只能為進食而獵殺獵物。感謝星族賜予你食物。
5. 小貓至少要滿六個月才能成為見習生。
6. 剛獲得任命的貓戰士，在得到他們的戰士名後，必須禁語守夜一晚。
7. 戰士必須至少指導過一個見習生，才有資格擔任副手。
8. 當族長死亡或退休，副手便可以繼任為一族之領袖。
9. 若副手身亡或退休，則必須在月亮當空前選出新任的副手。
10. 四族聚會於滿月時舉行，當天各族必須休戰直到晚上。此時，各族之間不准有爭鬥發生。
11. 每天都必須檢查並在邊界留下記號。向所有入侵的貓挑戰。
12. 所有戰士都必須拯救受傷或陷入危險的小貓，無論他是哪一族的。
13. 族長的話，就是戰士守則。
14. 值得尊敬的貓戰士，不必在戰爭中奪取敵人的性命，除非他們違背戰士守則，或是出於正當防衛。
15. 戰士拒絕過寵物貓那種輕鬆優渥的生活。

# 雷族
## 雷族的火星

我叫火星。歡迎你來到雷族，一個代表勇氣與忠誠的部族。我並不是一隻出生於森林的貓，但雷族選擇了我，而且當我證明自己是一名戰士之後，他們便開始尊重我。後來我成為他們的族長，我將為了我的部族獻出我的九條性命，就像族貓們會為了彼此而獻出生命一樣。森林裡其他的部族都不如我們忠誠和勇敢。我尊敬並欽佩別的部族，但我的心屬於這裡，屬於雷族——一個英雄輩出的部族、一個充滿同情心的部族、一個掌握自己命運的部族。

**部族特點：**對其他部族心懷敬意，與其和平相處。但在戰鬥中，雷族貓強悍、勇猛、忠誠。他們堅持正義，為此可以不惜挑戰戰士守則。

**獵　　物：**老鼠、田鼠、松鼠，偶爾還包括兔子，以及歐椋鳥、喜鵲、斑鳩、畫眉等鳥類。

**捕獵技巧：**非常出色的獵捕技能。他們總是逆風接近獵物，無聲無息地在森林地面上潛行。

# 雷族森林領地

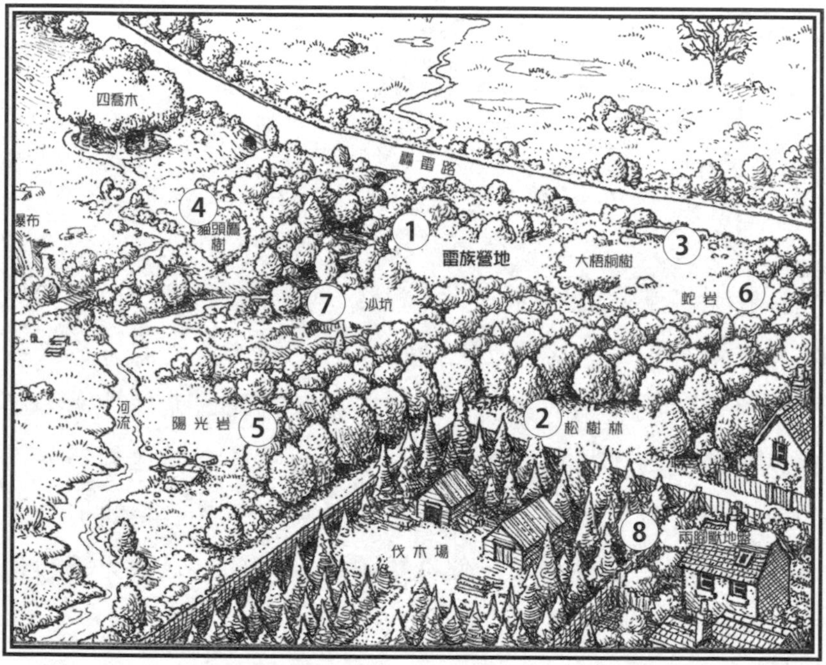


**①雷族營地**：隱藏在一片沙質溝壑之下，荊棘灌木將營地包圍在其中，使得這個營地易守難攻。

**②松樹林**：一定要當心那些兩腳獸的食樹獸！它們能在地面製造隆隆作響之聲，還會留下溢滿泥水的深溝。

**③大梧桐樹**：從樹梢到根部，它的枝條都稠密而粗壯。年輕的見習生們在這裡學習攀爬，一個個大膽地爭相爬得更高。

**④貓頭鷹樹**：樹幹中間有一個洞，那是一隻在夜間飛行的黃褐色貓頭鷹的家。傳說中提到，很久以前有一名雷族見習生就是從這隻貓頭鷹身上學會夜間捕獵的技能。每晚月亮升

起之後，他就會守候在貓頭鷹樹下。貓頭鷹飛出來時，他便尾隨其後，猶如月光照映在地上的貓頭鷹影子一樣。最終，這名勇敢的見習生成為了一名偉大的族長，他的名字叫梟星。他捕獵時的追蹤技巧就和那隻黃褐色貓頭鷹一樣悄聲無息，只需致命一擊，獵物便立即死亡。

**⑤陽光岩**：這是一個充滿陽光的溫暖地點。你一定要盯緊那些在岩縫間奔逃的獵物！很久很久以前，當河流比現在寬闊許多時，陽光岩是一座島嶼。只有獾和河族貓能游到那裡。後來水退了，陽光岩成為森林邊際的一部分。於是，雷族貓開始宣稱擁有陽光岩的所有權。他們不允許河族貓越過他們的領地來到這裡。從那以後，為了這片光滑、明媚、溫暖的石頭區域，兩族間發生了許多場戰爭。

**⑥蛇岩**：小心有毒的蝰蛇！這裡生長著許多山蘿蔔。岩石下的洞穴為那些危險的動物提供了掩護的場所，例如狐狸、獾，甚至還有狗。

**⑦沙坑**：樹木環繞的訓練場地。這裡的地面十分鬆軟，所以，戰士和見習生們練習時不容易受傷。

**⑧兩腳獸地盤**：錯綜複雜的轟雷路和兩腳獸巢穴（可參考其他動物，兩腳獸）。兩腳獸地盤生活著兩種不同的貓：獨行貓和寵物貓（可參考部族之外的貓，無賴貓和獨行貓，寵物貓）。

# 亮心的回憶

# 疾掌之死

只有雲尾成為戰士，這不公平。我們一樣出色，都那麼努力，可是藍星卻忽視了我們，把我們當成小笨貓。

疾掌說，我們應該去做一件非常勇敢的事情，讓藍星不得不將我們也命名為戰士。

我們都不知道，一直在蛇岩附近獵捕食物的是什麼東西，但疾掌認為，只要我們到了那裡，一定能找到一些蹤跡。這很有道理，對吧？我們決定尾隨那條蹤跡，查清楚是誰在盜取我們的獵物，然後回來告訴藍星。接下來，我們一定會成為戰士！

疾掌知道，長老窩後面有一條穿越鳳尾蕨間的小路。於是，我們在黎明前偷溜出去，直奔蛇岩。

踩著樹葉奔跑時，我的腿卻顫抖個不停。我很清楚，我的導師白風暴一定會大發雷霆——在沒有得到允許的情況下，見習生就擅自離開營地。不過，要是我幫忙解救了我們的部族，他一定會對我刮目相看的！

接近蛇岩時，周遭的氣味開始變得陌生——討厭而濃烈。於是我放慢腳步，可是疾掌卻仍然繼續奔跑。

他跳過一棵倒下來的樹木，我立即嘶喊道：「疾掌！小心！」

「別擔心！」他大聲回答說，「這裡什麼都沒有！」

語畢，一個巨大的身影便從隱蔽處現身，淌著口水的嘴巴迅速咬住了疾掌的喉嚨。是一條狗——我一生中見過最大隻的狗。

當時，我一心想要逃跑，可是我不能拋下疾掌不管。

疾掌猛烈地掙扎，一邊尖叫，一邊扭動身體。可那條狗搖晃著他，就像對待一隻松鼠那樣。緊接著，惡狗將他拋向空地的另一邊。我急忙跑過去，看到

他正在流血，但他還是掙扎著站起來，轉身繼續投入戰鬥。

惡狗就在我們對面，牠低頭露出閃著寒光的利齒。我蹲伏下來，一直等到牠靠得夠近了，才猛衝上前，用爪子劃過牠的臉頰。牠哀叫了一聲，往後跳開。有那麼一瞬間，我甚至覺得我們會沒事。只是一條狗，而我們卻是兩隻貓。

但不妙的是，我看到了其他的狗。

至少有六條，在空地上一字排開。牠們的體型足足有我們的四倍以上，吠聲非常大，連地面都彷彿在搖晃。

「攻擊！攻擊！」牠們嘶吼著，「殺！殺！」

然後，牠們便撲了過來。我立即衝上前，跳躍飛撲，將爪子插入對方柔軟的腹部裡。就在我堅持與惡狗抓咬奮戰時，突然聽到了疾掌的聲音——衝刺、嘶吼、咆哮、抵抗。整個世界頓時顛倒過來，我根本喘不過氣來。記憶中，只有飛揚的塵土、許多晃動的腿、飛舞的毛髮，還有鮮血。

我看到疾掌從狗群中突圍而出，並朝一棵樹爬上去。我祈求星族讓他成功爬上樹，但巨大的爪子卻將他拖了回去。他被重重地摔在地上。接著，鮮血模糊了我的眼睛，我什麼都看不見了。但我還能聽到，在貓的嚎叫和怒吼聲中，也有狗吠聲。我不知道疾掌是什麼時候死的。我只記得，他像所有獅族戰士一樣英勇戰鬥。這就是我對他最後的記憶。

然後，我的骨頭像是被搖散了，全身都輕飄飄的。我被甩向岩石。然後，一切陷入黑暗。

三天後，我在煤皮的窩裡醒來。那天是火星和雲尾發現我，並把我帶回營地。煤皮說我一直在做噩夢，口中不停喊著「攻擊」和「殺」，可是我一點印象都沒有了。

我只記得一件事，就是雲尾用溫暖的白毛貼緊我的那種感覺。我醒來一動，他便立刻清醒，好像一直都在等著我甦醒。

我立刻察覺出有什麼不對勁的地方。不僅僅是疼痛感——我感覺到臉部僵硬，看不到另一邊的任何東西。我失去了一隻眼睛！當我明白那些狗對我做了些什麼時，我真希望自己已經和疾掌一樣在戰鬥中死去。

藍星把「無容」作為戰士名賜予我的當下，我的戰士之路被黑暗籠照了。

要不是雲尾，我絕對無法度過那段黑暗的日子。他給了我另一種命運。我明白，無論自己看起來是什麼模樣，我都會好起來的。只要雲尾愛我，我就不再是無容，而是亮心。

# 雷族森林營地

歡迎來你到雷族營地！我叫沙暴，是一名雷族戰士。火星請我帶你四處參觀，不過我們還是要多加小心。要是我們在某些長老打瞌睡時打擾了他們，他們一定會大發脾氣的。看到營地入口了嗎？很隱密對吧？那些荊棘叢能保護我們避開其他動物的攻擊，但又不會遮擋照進營地的溫暖陽光。

跟著我沿這條溝壑向下走吧。藍星說，在很久很久以前，這裡曾是一條河，但我無法想像。因為現在，它是如此的乾涸而多沙。低頭，我們從這條荊棘通道穿過去。看到你腳下的路了嗎？多少月升月落以來，數以百計的雷族貓都是從這裡走過去的。小心那些刺！我們到了！別這樣，鼠掌，這是我的客人。斑尾，他們不是躲在我後面捉弄我。

這條路過去就是育兒室了，你看到層層的荊棘圍籬了嗎？育兒室是營地中防衛最堅實的地方。你能聽到裡面正在玩耍的喵嗚聲嗎？若有危險，貓后和戰士們將會像虎族般的戰鬥來保護小貓們。

注意到樹樁旁邊的蕨葉叢了嗎？那就是見習生們睡覺的地方。它本來應該是好好地鋪滿青苔，但現在看起來被某個見習生踢了一團糟。等到站崗結束之後，我保證她會整理乾淨的。可憐的鼠掌！她睡覺總是這樣的不安分。

戰士們則是睡在那邊的蕨叢底下，你可以看到那裡的入口隧道。作為一名年長的戰士，我被安排睡在正中央，因為那裡最暖和。當我還是一名年輕的戰士時，常因為睡在邊緣而被冷醒！

這棵倒下的樹是長老的窩穴。往前走，試試用你的鼻子探查看看。哦，真抱歉，花尾！我正在當嚮導巡視。不，他們不是影族的間諜啦！花尾，你沒有見習生可折騰了嗎？

快點，偷偷把你的腳掌踩在窩的地上。怎麼樣，有沒有感覺稻草和苔蘚很鬆軟？見習生

們總是儘量保持它們的新鮮。沒有誰喜歡脾氣暴躁的長老們……嗯，只要不要比平時更暴躁就好了。

現在，我們穿過空地，走去那塊又大又光滑的圓石吧。這是高聳岩，族長會站在上面向全族發布消息，或是主持儀式。你能想像那種場景嗎？如果置身其中，你也會認真傾聽的，對吧？

這旁邊就是火星的窩。你在嗎？火星？哦，他不在，一定是去巡邏了。透過入口處懸吊的青苔朝裡面看看吧。這是他睡覺的地方。他的前任族長是藍星，接替他的將是……誰知道呢？我第一次見到火掌時，他還是一隻小寵物貓呢。有誰想得到他將來會成為我們的族長？

在你離開之前，讓我帶你去看看巫醫窩。進來吧。我喜歡藥草的味道。葉掌！這是我的另一個女兒，非常聰明且正在接受巫醫訓練。她睡在鳳尾蕨通道的這一頭。她的導師煤皮睡在岩洞的另一邊。——葉掌！你在哪裡？哦，她總是在整理藥草！她非常用心、努力。這讓我感到非常自豪。——你說什麼？她姐姐寧願狩獵，也不願意巡邏？好吧，我會和火星談談的，看看今晚是否能讓她參加大集會。如果能去她應該會非常高興。

好了，這就是我們的營地！現在，我真的得去狩獵了。離開的時候，請注意你的毛髮。別告訴任何貓你來過這裡！

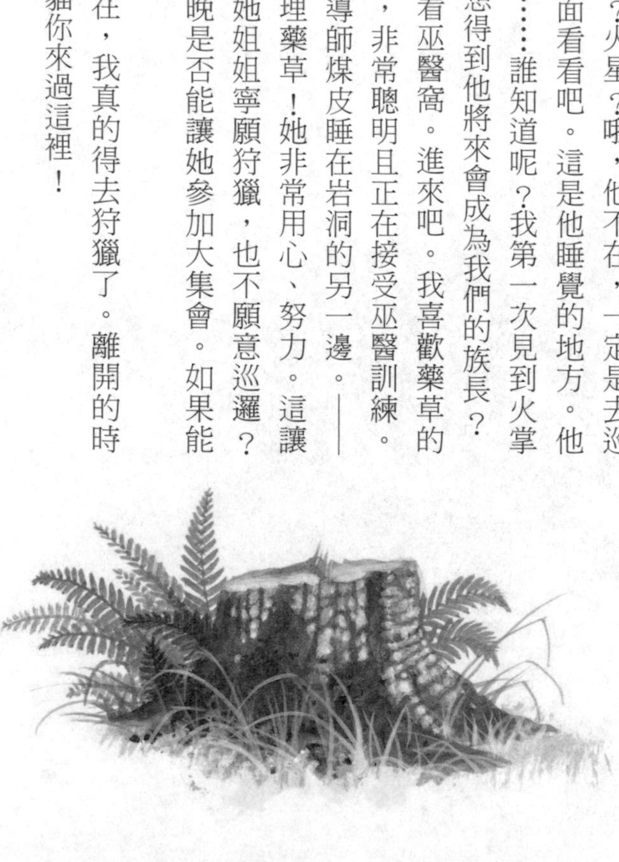

# 雷族湖區領地

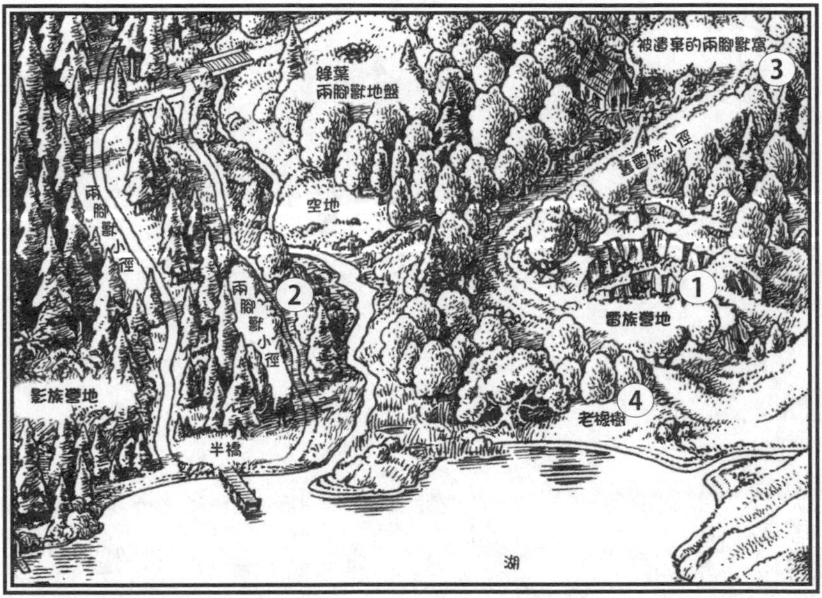


①**雷族營地**：這個對稱的石頭山谷被兩腳獸遺留下來的陡石峭壁包圍著，是雷族營地的不二之選。

②**兩腳獸小徑**：兩腳獸用發光的藍色牌子標示的道路。

③**被遺棄的兩腳獸窩**：這裡是狩獵的好地方，絕佳藥草的來源地（可參考醫療：貓薄荷、琉璃苣葉）。這裡有一種不祥的荒蕪感，似乎隨時都會倒塌。

④**老橡樹**：大遷移後第一次繞湖尋找四族的新營地時，棘爪、霧足、鴉羽、褐皮和松鼠飛曾在扭曲的樹根下的一個洞穴裡躲藏。這棵樹也叫天空橡樹。

# 雷族湖區領地

嗨！我是松鼠飛。將由我帶你參觀我們在湖區的新營地！它棒極了。而且，你知道嗎？**是我發現這裡的！**

別著急，我會告訴你我是怎麼發現它的。我們從這片荊棘叢下鑽過去吧……停！小心！你差點發生和我當年一樣的慘況，差別只在於我當時正飛快地緊追一隻田鼠。忽然間——砰！我飛了起來！接著，我墜落在一堆荊棘叢中！哦，快來這裡，肚子貼地，到懸崖邊看看。看到下面的灌木叢了嗎？我就是掉落在那上面的。

不過老實說，我很幸運。要是我從那邊摔下去，會跌得更遠。營地周圍的岩壁又高又硬，難以攀爬。來吧，走這邊，沿著這面牆滑行。它完全是光滑的呢。這一點也不奇怪。我們認為，很久以前，兩腳獸曾在這裡用他們的怪獸從岩壁上切開石頭。別問我為什麼！兩腳獸就是這麼的鼠腦袋。

幸好他們已經離開了。現在，石頭山谷已經長出很多可以保護我們的灌木和喬木。石牆可以擋風，但走到懸崖邊時我們要小心腳下。棘爪一直是這樣指導我的。不過他跟我說話的方式會讓我覺得，我還是隻剛出生的小貓！

好了，低頭，從這個荊棘屏障中鑽進去吧。有點可怕，對吧？即便你是一隻影族貓，可能也會掉頭跑掉，而不是主動出擊，對不對？

接下來，欣賞一下我們營地的美景吧！很驚訝嗎？不覺得它非常完美嗎？我有沒有提到過，是我發現它的？

此時你來得正是時候——太陽很舒服，所以許多貓都在睡覺。看看那邊，正在打呼的是脾氣暴躁的鼠毛。在她旁邊露出鼻子的那隻公貓是長尾，他雖然眼瞎，但還是能聞到你的氣味，所以看起來有點

焦慮。不過你別因此感到害怕。並不是每隻貓的嗅覺都像雷族貓這麼敏銳。

跳到這些岩石上面來——注意腳下，岩石可能很滑。現在，我們站在擎天架上了。你可以看到整個營地！火星會在這裡宣布消息。他像這樣鼓起胸膛並往前探身，然後張開嘴喊道：「所有能夠自行狩獵的部族成年貓都來參加——」

噢！我想我的聲音太大了一點。雲尾、灰毛和棘爪來了。快點兒，到火星的窩看看！噢，來吧，邁步啊，這只是個洞而已。進來，進來，進來！

這裡是不是很涼爽？既昏暗，又陰涼。火星在後面這張蕨葉和苔蘚鋪成的床上睡覺，它看起來鬆軟而有彈性。真不知道他是怎麼一直把它保持得如此乾淨整潔的。難道你沒有想跳上去打滾的衝動嗎？真遺憾！我想最好還是別那樣。你覺得他會發現嗎？或許我們應該離開這裡了。看到見習生和長老睡覺的窩了嗎？戰士們和我都是睡在那邊的大荊棘叢下。最大的那片荊棘叢下面是育兒室。想拜訪一下我的朋友栗尾嗎？她生下了這個世界上最可愛的小貓。來吧，我們過去看看。

你好，栗尾。嗨，小貓們！哈，快看，栗尾一臉的睡意。很抱歉，我們還是讓你繼續打瞌睡吧。

穿過營地就是巫醫窩。快點，棘爪滿臉不悅地走過來了。多可愛的小貓啊！但現在，我還不想要有自己的小貓。我希望能夠先完成更多的戰士任務。不過，育兒室看起來的確是個非常舒適的地方。

在這裡你是看不到巫醫窩的，因為它藏在懸垂的黑莓簾後面，但鑽過它就會看到。瞧瞧這巨大的洞穴！嘿，葉池，都還好吧？我的妹妹是雷族的巫醫。這裡的氣味總是讓我打噴嚏。哈啾！呃，很抱歉，葉池……那些藥草要像那樣堆著嗎？聽我說，這是我的朋友。我想向他展示一下這裡有多漂亮。它幾乎讓你有生病的欲望。這裡的沙子真的又細又軟，後面還有一個小水池。葉池把她的藥草儲存在牆上的這些縫隙中，我猜，她也把藥草堆放在隨便哪隻貓都能踩到的地方。什麼？我不是故意的！

噢——聽到那叫聲了嗎？是我們那位愛發號施令的虎斑貓朋友在找我了。或許你最好還是離開。告訴你，等一下我會撲向他，同時你就一頭衝向通道。然後，你也許會希望盡可能跑得遠遠的。棘爪會非常認真地趕跑入侵者的。準備好了嗎？孩子，出發！跑！跑得越快越好！

## 重要的族長

只有一部分的族長和巫醫會被部族貓牢牢地記住。他們的名字在森林的歷史中投下了長長的身影。他們的事蹟——無論善惡，都會被代代相傳下去，直到他們從歷史走進傳說裡。至於其他貓的名字和事蹟，或許會被記憶，不過也可能在某些情況下，從鮮活的記憶中被抹煞掉，唯有星族還會記得。

### 雷星

碩大的薑黃色公貓，毛色如同秋天的葉子，有著一雙琥珀色眼睛和白色的大腳掌。強壯、勇敢、果斷。雷族的創立者——與風、影、河一起創立戰士守則。

遵循傳說正是雷星的堅持，才使戰士守則中包含了更多富有同情心的元素。

**副手**：閃電尾，梟眼（後來是梟星）。

**見習生**：不詳。

## 梟星

灰黑色的貓，有著一雙堅定有神的琥珀色大眼睛。這位戰士是一名傳奇的捕獵者，他學會了黃褐色貓頭鷹在夜晚無聲地接近獵物的方法。

**副手**：不詳。

**見習生**：不詳。

## 陽星

身上有著薑黃色的斑紋公貓，綠眼睛、長毛。公正、冷靜與睿智。他將部族團結在一起，共同度過了危險的禿葉季，並為了讓獾族遠離陽光岩而戰鬥。

**副手**：褐斑，藍毛（藍星）。

**見習生**：獅掌（獅心）。

## 藍星

灰藍色的毛皮。睿智、友善、可愛、強壯。她帶回一隻名叫羅斯提的寵物貓加入雷族。羅斯提（改名叫火掌，即後來的火星）漸漸成為整個森林中最重要、最寶貴、最受尊重的貓之一。

**副手：**紅尾、獅心、虎爪、火心（火星）。

**見習生：**霜掌（霜毛），奔掌（追風），火掌（火心）。

## 火星

火星是一隻擁有全身火焰色毛皮和明亮綠眼睛的公貓。勇敢、聰明、忠誠——一個天生的首領。他和星族有著非比尋常的強烈聯繫，星族曾預言，「唯有火能拯救雷族」（可參考預言與徵兆）。影族趕走風族後，是他帶回被流放的風族。及時發現了虎爪的叛變，並成功阻止他殺害藍星。

從可怕的營地火災中挽救了雷族。

發現了虎星讓狗群攻擊營地的陰謀之後，便制訂計畫拯救了部族。帶領森林裡的各大部族一起對抗血族。面對兩腳獸的破壞，將部族團結在一起，並帶領眾貓安全地來到湖區新家。

**副手：**白風暴、灰紋、棘爪。

**見習生：**煤掌（煤皮）、雲掌（雲尾）、棘掌（棘爪）。

# 重要的巫醫

## 雲點

黑色長毛公貓，耳朵、胸口和兩隻腳掌是白色。

愛刨根問底、好奇心強、心思細膩體貼，但有時候顯得害羞而保守。

對醫學理論非常感興趣，對生病的小貓卻不是那麼關心。

發現了綠咳症和白咳症之間的差異，確定貓薄荷是有效的治療藥草。（可參考領地之外，月亮石是怎麼被發現的。）

## 羽鬚

淡銀灰色公貓，擁有一雙琥珀色眼睛，柔軟如羽毛般的鬍鬚格外的長，尾巴就像展開的羽扇。

他是陽星的巫醫，也是他的兄弟。

他是一名溫文爾雅、性情溫和、仁慈友善的導師，將他的同情心及與星族的深刻聯繫傳給了他的見習生斑葉。

在綠咳症流行的那段時期裡，他不知疲倦地救治族貓，最終因此喪命。

## 斑葉

美麗的暗色玳瑁母貓，有著琥珀色眼睛、白色腳掌、黑色尾巴以及特殊的花紋皮毛。是星族神祕訊息的解讀者。因收到了星族的預言，促使藍星將火掌加入雷族。經常走進雷族貓的夢裡，尤其是火星的夢境。

## 黃牙

固執的灰色母貓，擁有一雙明亮的橙色眼睛，面部寬扁。才華洋溢的巫醫，但有時脾氣暴躁，難以相處。協助雷族從影族救出雷族小貓。斑葉被殺害後，成為雷族巫醫。雖死猶榮——為拯救部族而戰。

## 煤皮

擁有一身蓬鬆灰毛的母貓，長著一雙大大的藍眼睛。樂觀、積極、充滿無限熱情。學習能力很強——如果不是因為受傷，她一定能成為一名機智的戰士。救過兩隻影族貓，違抗命令，把他們帶回營地治療。

治療綠咳症時，悉心照料藍星，使她恢復健康。

亮掌被狗群傷害後，是她救了這名見習生的命。最後在救栗尾的戰鬥中死去。

## 葉池

體型嬌小的淺棕色虎斑貓，擁有琥珀色眼睛、腳掌和胸前是白色的。

聲音沉靜柔和——跟她的姐姐松鼠飛恰好相反！

她和姐姐透過彼此之間深刻的聯繫，能分享對方的感覺和夢境。

找到了月池——在部族湖區的新家園裡，巫醫在這裡透過協助，將河族從可怕的兩腳獸毒藥災難中解救出來，還幫助蛾翅治癒了河族貓。

雷族遇到獾群襲擊後，負責照顧族貓恢復健康。

依照星族的指示，葉池面對的是與之前任何一名巫醫都不同的命運。

# 風族
## 風族的高星

歡迎你，我是高星，這裡是風族——一個遭受眾所周知的磨難、卻始終堅強生活的部族。我們是荒野上疾行如風的戰士，是森林裡速度最快的部族。我們在可怕的苦難中掙扎，但從未放棄。我知道，其他部族有時視我們為弱者，但如果讓他們生活在這片寬廣開闊的土地上，學會追逐野兔、捕獲獵物，恐怕他們連一個月都熬不過去。無論在精神還是肉體上，我們都是最接近星族的部族。我們始終知道，我們的祖靈一直在守護著我們。正因為如此，我們才變得強大。不管要經歷怎樣的磨練，風族都將永存不朽。

**部族特點**：無比忠誠、堅忍，擅於奔跑且個性易怒。由於開闊式的荒野缺乏遮蔽，他們總是十分緊張，逃離時動作迅速。他們為自己是離月亮石最近的部族而深感驕傲。（可參考領地之外，月亮石是怎麼被發現的。）在所有的部族中，由於他們能看到附近牧場中的兩腳獸，因此對牠們有最深的瞭解。

**獵　　物**：以兔子為主。

**捕獵技巧**：迅速、高效、敏捷。他們棕色和灰色的光滑短毛能和岩石、草地融為一體。

# 風族森林營地

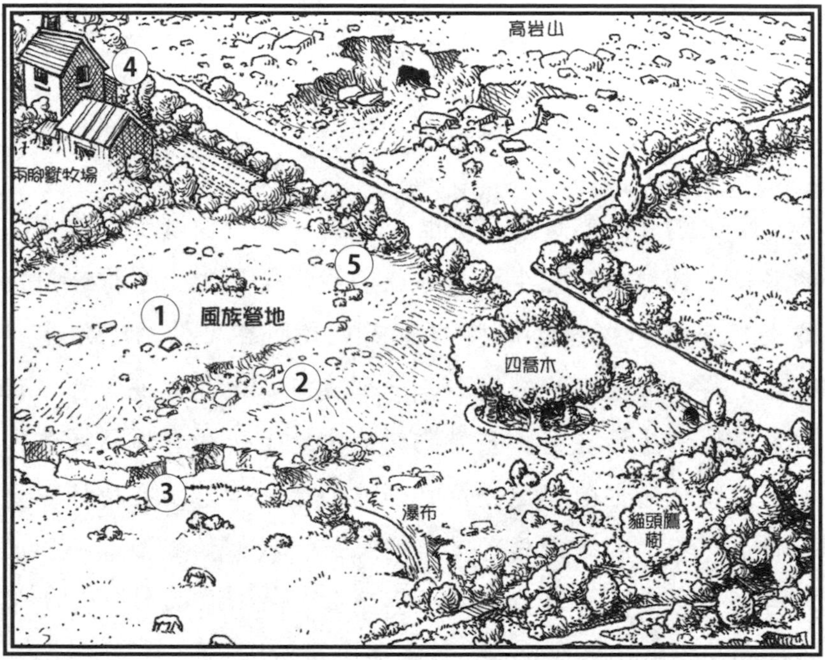


**①風族營地**：位於沙質荒野上一片自然形成的窪地中，這個營地雖然能擋風，但事實證明很容易遭受攻擊。

**②廢棄的獾窩**：以前風族見習生常在這裡學習辨別獾的氣味。現在，這裡已經成為獵捕兔子的絕佳場所！

**③峽谷**：風族的長老常會在此處誇耀自己年輕時可在此跳上跳下。不過見習生是禁止靠近這裡的。

**④兩腳獸牧場**：牛、綿羊、狗、兩腳獸，以及兩隻名叫大麥和烏掌的獨行貓（可參考部族之外的貓，無賴貓和獨行貓）生活在這裡。被驅逐的風族在歸來的途中曾躲藏在牛棚

裡。

⑤**眺望石**：這塊又大又平的灰色石頭陡然凸立於荒野之上。站在這裡，你能觀察到草地那邊的動靜，尤其便於發現其他部族中那些動作緩慢、顏色鮮亮的貓。風族見習生會被派到眺望石上，測試他們的警覺性和完成巡邏任務的技能。

# 風族森林營地

歡迎來到我們的營地！我叫一鬚，是森林裡最偉大的部族——風族的一名戰士。

你從這條路過來時看不到我們的營地，對吧？那是因為它隱身於荒野上唯一的遮蔽處裡——地面上一片被纏結的荊豆包圍的沙質空地。

長老們說我們的第一任族長風星，從星族歸來，刨開一大把沙子，為我們建立了一片生活的空地。

從這些帶刺的枝條間擠進去，你就能看到營地中央了。深呼吸。你難道不喜歡這樣的新鮮空氣嗎？它是那麼的富有生命力。我真不知道，其他部族怎麼能在他們的地方生活下去。要是不能整日整夜看見天空，我會瘋掉的！

所以，戰士們都睡在外面的星光之下。在那裡，我們的戰士祖靈能直接看到我們。這使得我們與星族之間有著某種特殊的聯繫。我們不得不面對很多麻煩和危險，但只要閉上眼睛之前，能看到天上的祖靈，我就知道他們正守護著我們。

但是長老和小貓們不能睡在外面，所以，我們沿著荊豆牆的邊緣為他們蓋窩。族長在高聳岩後面也有一個窩，但他很少睡在那裡。高星喜歡和我們一起睡在空地上。什麼是高聳岩？噢，就是那邊的那塊大圓石。高星在那裡發布消息、主持儀式。

聽到了嗎？那是見習生在眺望石發出的呼喊聲。這表示有入侵者闖進了我們的領地！我最好去把他們趕走。

謝謝你來這裡參觀！

# 營地遇襲

那是一個很黑的夜晚。濃雲掠過一勾彎月，使得天空變得更加黑暗。那天晚上，沒有星族祖先在守望風族營地。營地入口處的兩名戰士分別叫做畫眉翅和石爪。他們是在那天晚上各自得到的戰士名號的，當時正自豪地站著崗。石爪突然站起身，豎起了耳朵。

那是什麼？荊豆叢中發出了一陣沙沙的聲響。草地上傳來了輕微的腳步聲。

有雙眼睛在黑暗中發光。灌木後面是什麼東西？他應該發出警報嗎？

太晚了！此時，一個影子出現在他面前，一雙利爪撕過了他的喉嚨。畫眉翅轉身，看到兄弟倒在地上，生命正伴著鮮血從他體內流逝。她尖叫著向部族發出警告。一隻大貓立即撲了過來，沉重的身體撞得她出不了氣，也發不出聲音。她被壓在地上，並感到那隻大貓的牙齒嵌入了自己的脖頸。敵方貓群從她身邊蜂擁而過，悄無聲息地衝進空地，與陰影融為一

體。一鬚被畫眉翅的叫聲喚醒了。他身旁的裂耳、死足也忽地站了起來。三名戰士立即投入戰鬥，這等於吹響了風族的戰鬥號角。

「影族來啦！」泥爪站在高岩上嘶吼道，「我能聞到他們身上的那股臭味！」他馬上躍下圓石，投入戰場中央，撲向一隻肌肉發達的白色公貓。

「你絕不能參加戰鬥！」灰足對著晨花大喊道，並把這隻懷孕的貓後推回育兒室。

「可是我想保護部族！」

「待在這裡保護我的兒子。我去戰鬥。」

晨花蜷縮在嚇得發抖的灰色小貓小鷹身旁，盡量輕柔地舔舐他的頭頂安撫他。灰足的怒吼聲透過纏結的枝條，從外面傳了進來。

另一名風族戰士發出驚恐的慘叫，他的肚子已經被影族貓的利爪劃開了一道傷口。儘管一條腿已經受傷，畫眉翅還是重新投入了戰鬥，像虎族貓那樣勇敢地為兄弟的死報仇。兩名長老倒落在一名死去的見習生旁邊。緊接著，死足殺出一條血路，擠向高星，那隻受傷的腿令他渾身刺痛起來。

「影族會把我們全都殺光的！」他喊道，「我們必須逃跑！」

「拋棄營地？」獵掌嘶聲道，「我寧可戰死，也不願意被這些吃鴉食的傢伙趕跑。」

「死足說得對。」高星憤怒地揮舞著尾巴，「我們已經失去太多的貓了。再這樣下去，風族將不復存在！」

「那現在就離開吧。」死足喘息著說道。

然後，高星命令一鬚把晨花和小鷹從育兒室帶出來。接著，風族戰士和見習生們圍成一圈，把貓后和兩名倖存的長老保護著，拚命殺到空地邊緣。晨花首先突破金雀花牆，衝進黑暗中，灰足的小貓驚慌地在她腿邊蹣跚地跑著。一鬚攙扶著畫眉翅跑了出去。剩下的風族貓一隻接一隻地從金雀花叢中擠了出去。他們戰鬥的血已濺滿一地。最後，營地裡只剩下高星。

「這不是風族的末日，碎星。」高星不屑道。

「不管你跑到哪裡，我都會找到你。」身材高大的影族貓恐嚇道。

就這樣，高星消失在灌木叢裡，風族離開了他們的家園，身影融入夜色之中。

# 風族湖區領地

①**月池溪流**：奔騰的溪流沿著風族領地邊緣蜿蜒直上，深入山中，直到月池（可參考領地之外，月池）。

②**風族營地**：地面上的一處淺窪，上方沒有遮蔽，可以直視天空。風族戰士與其他貓不同，他們更喜歡睡在空地上。如果氣候實在太惡劣，他們就退到狐狸和獾留下的洞穴裡。

③**馬兒地盤**：聽到雷鳴般的聲音嗎？那是馬蹄重擊地面的轟隆聲！記住，千萬要待在籬笆的這邊！

# 風族湖區領地

你跟不上了嗎？他們說風族貓比其他貓的速度都要快，看來是真的！加油，快點！

現在，我們可以休息一下了。朝下面看，有看到我尾巴指的方向嗎？那就是我們的營地。看起來沒受到什麼保護，對吧？營地周圍既看不到樹木，也不見岩石。但你千萬別有什麼壞想法！看到那裡有多少顆腦袋抬起來了嗎？我們營地裡有一半戰士正盯著你呢，他們都在磨爪子。沒有哪隻貓能越過這些小山而不被發現！

或許你最好還是知道一下，我叫鴉羽，是我將風族帶到這裡來的。

走吧。快點！跟著我下去——如果你跟得上的話。

現在，你已經到營地裡面了。保持安靜，只看我讓你看的東西。

這塊巨大的石頭就是高岩，一星都是在這裡發表講話的。是的，我知道有許多其他石

頭，但這是最大的一塊。別再問那些鼠腦袋的問題了！任何問題都不要問！

正對著高岩的這片金雀花灌木就是育兒室。別停留——有時候會嚇到小貓們的！

現在，你看到這塊石頭了吧？看到上邊的大裂縫了嗎？聞起來就像老鼠膽汁，對吧？我們的巫醫吠臉正在處理營地裡的跳蚤問題。

風族貓一定是在旅途中沾染上它們的——樹木和沼澤中到處都是。呸！總之，吠臉在這裡儲存他的藥草。凡是生病的貓都在這裡睡覺。不過我認為新鮮空氣就是最好的藥。不要問為什麼我知道？

看到角落裡荊豆叢下的坑道了嗎？它通往一個廢棄的獾巢。我是不可能在那裡邊睡覺的。那裡頭獾的氣味依然濃重。

我睡在天空下，接近我的戰士祖靈。別往那邊探鼻子！搞不好你會被奔尾一爪子扯掉鼻子。那裡現在是長老窩。

這就是我們的營地。你可以告訴一星，我按照他的要求帶你逛過領地了。

現在，請離開吧！直接朝山上走，直到能看見一大群長有蹄子的笨蛋生物。它們叫馬。過了那裡就是河族領地了——也許接下來他們會和你分享他們的祕密。

記住……我會看著你離開的！

# 重要的族長

## 風星

瘦長結實的棕色母貓，擁有一雙黃色的眼睛。驕傲、狡猾、倔強，是森林裡跑得最快的貓。風族的創立者——與雷、影、河一起創立戰士守則。如今，她的許多後代活躍在部族裡，包括現任副手灰足，以及灰足的兒子鴉羽。

**副手**：金雀毛（後來叫金雀星）。

**見習生**：不詳。

## 金雀星

很瘦的灰色虎斑貓。因為他的勇猛，以及對風族、伴侶的忠誠而永留後代心中。

**副手**：不詳。

**見習生**：不詳。

## 高星

黑白相間的長尾公貓，擁有琥珀色的雙眼。是最聰明、最長壽的風族族長，與雷族族長火星的關係異常密切。在被影族驅離家園的日子裡，是他照顧部族。按照預言的說法，他是最先提出離開森林的貓之一（可參考預言與徵兆）。虛弱的他用最後一條性命帶領部族來到新家。

臨終前，高星將副手由泥爪改為一鬚，從長遠來看，這是一個明智的選擇。

**副手：**死足、泥爪、一鬚（後來叫一星）。

**見習生：**晨掌（晨花）。

## 一星

體型瘦小、棕色的虎斑公貓。忠心、虔誠、強壯、富有同情心。高星指定他取代泥爪擔任族長後，他率領部族度過了那段氣氛緊繃的日子。在針對他的叛亂中倖存下來。第一個在月池接受九條命的族長。帶領戰士救援受到貓群攻擊的雷族。

**副手：**灰足。

**見習生：**白掌（白尾），金雀掌。

# 重要的巫醫

## 蛾飛

擁有柔軟的白毛、犀利的綠眼睛。風族第一任巫醫。她對部族忠實、坦誠。但剛開始，她的焦躁不安、強烈的好奇心和恍惚的神情，被認為是不能勝任巫醫的表現。

正是這些特徵賦予了她新的使命，引領她來到月亮石。

## 雲雀翅

銀黑相間的母貓，毛髮上混雜著深棕色斑點。成為風族巫醫之前，當過幾個月的戰士。對於解釋徵兆信心滿滿。

個性喜怒無常，常常和族貓發生衝突。

照顧部族渡過一場由生病兔子引發的染病時期。

## 吠臉

褐色短尾公貓。個性值得依賴，行醫經驗豐富，效率好。風族重返森林家園時，他預視了河谷有死亡的徵兆。（可參考預言與徵兆）

# 河族
## 河族的豹星

這是一個與眾不同的部族——充滿水的力量、歷史輝煌且美麗的部族。歡迎你來到河族，我是河族族長豹星。你聽見河流的聲音了嗎？在那奔騰的水流中，你會明白為什麼我們會成為森林裡最偉大的部族。沒有什麼東西能對抗水的力量，亦如沒有什麼能打敗團結一致的河族戰士。當困難降臨時，河族知道該如何度過難關，以及適應變化。正如水流會繞過岩石一般，我們寬厚且強大。我們是河族！

**部族特點**：知足、健壯、食物豐沛。長皮毛上富有光澤，熱愛美麗的事物，常常收集岩石、貝殼和羽毛，將巢穴布置得美輪美奐。他們不怕水。

**獵　　物**：以魚類為主，也會吃田鼠、鼱鼩和老鼠。

**捕獵技巧**：強壯的游泳者，能無聲無息、不露氣味地滑水。他們能從岸邊獵魚，這是其他部族都學不來的技巧。

# 河族森林營地

**①河族營地**：這座島嶼排水良好，周遭被會發出輕柔聲響的蘆葦所包圍，而非荊棘圍繞。因為其他部族貓厭惡水，所以這裡至今未被攻擊過。

**②峽谷**：可參考風族森林營地。

**③河流**：它是獵物的源泉，是河族的屏障，不過它和月亮一樣也會發生變化。有時看起來風平浪靜，正常的潺潺流水流過，有時則波濤洶湧，會發出和兩腳獸籠車一樣的巨鳴。

**④兩腳獸橋**：水位很高時，這裡便會穿過河流。這是一條能抵達「四喬木」的安全路線。

# 河族森林營地

嗨，我是羽尾。如果你想看看我們的營地，就非得把腳掌弄濕不可了。它在一座島上！過去時不用害怕。聽聽河流的低鳴聲你就知道了——它很平緩。是的，我們的營地就在這些垂下來的長枝條下面。這些樹叫柳樹。經過一個霜凍的禿葉季節後，你應該可以看到它們。它們閃著光，就像凝結的雨滴！

好了，抖抖腳掌，低下頭，然後跟著我穿過蘆葦叢吧。整個營地都被在微風中低吟的蘆葦所環抱。我喜歡在汩汩水聲襯托下蘆葦發出的聲音。快看！這就是我們的營地！這裡，在空地中央，我們躺在這兒曬太陽，相互整理皮毛。早晨，黎明巡邏後，我就會躺在這裡，把毛髮晾乾。這是整個營地中我最喜歡的地方了。這片纏結的蘆葦就是戰士窩。它緊鄰著育兒室，以便保護小貓們。探頭進去看看吧！沒事的，所有的戰士都去巡邏了。

抬頭瞧瞧窩頂，能看懂我們是怎樣把羽毛

編進枝條中的吧？窩邊緣都是岩石和貝殼，那些好看的岩石是從河裡找到的。它們讓窩裡有了光澤，不是嗎？我喜歡躺在這裡，注視著光芒與色彩。它和育兒室一樣漂亮。

看到河流離育兒室有多近了吧？這邊，水很淺，很安全。但就在我出生前，有一次河水忽然上漲，沖過育兒室的地面，捲走了兩隻小貓——我導師的小貓。現在，牆更加牢固了。我們希望讓小貓們住得離水很近。他們繼承了我們對水的愛，很快就能學會游水。噢，快看，他們正在練習呢！

小傢伙們，你們幹得真漂亮！你們很快就會比我游得更快啦！

穿過空地便是其他窩，包括泥毛的窩——他是我們的巫醫。朝裡頭偷瞄一眼吧。你會看到地上挖的那些儲存藥草的小洞。現在，小貓們追逐青蛙經過他的窩時，就不會把藥草弄散了。

在這座島的另一端，水位不太高時，會有幾塊岩石露出河面。它們能吸收太陽的溫度。我最喜歡的過日子方式是這樣的：從我和哥哥暴毛一起狩獵開始，一直到那些岩石上享受陽光結束。但你必須速度夠快，那裡只容得下幾隻貓，要是資深戰士或者長老們想去那兒，就只能算你運氣不好了。我們過去常在那裡曬太陽，整個部族都可以待在陽光岩上，甚至還可以在餘下的地方玩獵物和打仗。可是現在我不喜歡那些遊戲了！

噢，好像要下雨了。我要縮到戰士窩裡去聆聽雨點落在頭頂的聲音。

或許你也該走了。不過還是謝謝你來參觀！

# 洪水

那是很多貓記憶中最寒冷的禿葉季。結冰的河水凍住蘆葦，阻礙河族戰士捕魚的路徑，河岸上的獵物也少得可憐。

隨著春天的到來，融冰開始無情地滴答個不停。貓群抱怨地面的潮濕和營地的污濁，可是最糟的情況還沒到來。

一名叫銀流的年輕戰士正在站崗。她傾聽著河水的咆哮聲，那聲音越來越大。這種情況已經持續兩天了。但是，太陽很快就會升起，然後她便能小睡一會兒了。她站起來，伸了個懶腰，邁開步子巡視邊界。

撲通！銀流突然往後一跳。黑暗中，她以為自己不小心走出了島嶼。不……一定是河水上漲了。她趕緊朝父親的窩走去。

「曲星，」她小聲說道，「你應該出來看看。」

於是，河族族長跟隨女兒來到了營地入口處。那條將河族與陸地分隔開的河流，已經變成洶湧暗流的黑潮了。

「水流的速度變快了。」銀流說道，「我們要撤離島嶼嗎？」

「它等一下或許會降下去。」曲星僵硬地說道。

那一天，水位持續上漲，在環繞營地的蘆葦叢中形成了旋渦。泥毛忙著把他的巫醫物品都轉移到一處較高的岩石上，其他貓則緊張地注視著河流。豹毛讓石毛和黑爪跟她一起去巡邏。「我們去看看洪水離這裡還有多遠。」於是，三名戰士離開了營地。緊接著，島嶼的盡頭傳來了一聲叫喊。

銀掌和影掌正在地上亂抓，想要擋住一股衝破蘆葦湧進來的水流。大肚和霧足立刻衝過去幫助他們。

水流衝進營地，影掌大聲呼喊道：「水流太強了！」

霧足急忙奔回育兒室。「銀流！」她呼喊著，「快幫幫我！」

她們掙扎著鑽進育兒室，看到棕褐色的洪水激起泡沫，穿過蘆葦。角落裡，兩隻小貓互相緊緊抱著，發出淒厲的叫聲。

「我的孩子。」霧足哀號著搜尋另外兩隻小貓。

「他們不見了！」銀流提高嗓門，壓過奔湧的水聲說道，「可是這兩個小傢伙需要你的幫助！」她一口叼起其中一隻小貓，退出育兒室。

霧足推了推另一隻小貓。他張開嘴，低聲哀鳴著。她舔了舔小貓，然後叼起來，跟著銀流穿過了水流。**河流賜予我們生命，她回頭望著洪水肆虐的營地**，心想，**可現在它又把**

**我們毀了**。然後，她將一隻腳探進疾馳的流水中。**噢，星族啊，你怎麼忍心讓這一切發生？**

泥毛和大肚站在一大排貓的下游，隨時準備在有貓滑倒或跌落時接住他們。沒有貓敢游水。他們的腳只要離開卵石河床一步，河流就會立刻將他們沖走。黑色的水流已經淹沒過他們的肚子。

曲星是最後一個過河的。**在河水面前，我們不再比其他部族強大**，他心想，**使我們成為河族的一切要素都已被奪走。**

霧足和銀流趕緊加快速度，嘴裡叼著的小貓不停地搖晃。見習生則幫助長老們上岸。

「現在我們該去哪裡？」銀流問道。

曲星抖了抖毛髮。「河就是我們的家。」他說道，「星族會保佑我們的。」

然後，他對著山丘方向點了點頭，「現

在，我們到那片灌木叢中休息，等豹毛他們巡邏歸來。」

他們在灌木叢中安頓下來後，不久，外面便傳來了嘯聲。

銀流嗅了嗅空氣。雷族！灰紋！她掙扎著站起來，擠出灌木叢，看到了那隻她最愛的貓的身影。

灰紋正坐在火心身旁。一看到銀流，他的眼睛立即亮了，尾巴也抽動起來。接著，她注意到石毛和黑爪腳邊濕漉漉的東西。

銀流立即衝到霧足身旁。「是火心和灰紋。」她氣喘吁吁地說道，「是他們救了你的小貓。」

銀流強迫自己先鎮靜下來，然後走到灰紋面前。她是那麼為他感到驕傲，她確信其他貓一定也有這種感覺。但她不得不假裝對他和別的貓沒什麼兩樣。

曲星聽了小貓獲救的故事之後，心想**星族就是選擇用這種方式幫助我們的嗎？利用我們敵對的貓？**這次，雷族戰士看到了他的部族的絕望，這使曲星頓時感到喉嚨發緊，自尊心受到了傷害。但他知道，他不能拒絕雷族的幫助。這是來自於星族的預兆。為了挽救他的部族，他什麼都願意做。他相信，河流很快會再次成為他們的家園的。

# 河族湖區領地

①**河族營地**：安全地隱藏在兩條河流間的一片三角地帶，營地能有效地抵禦惡劣氣候與敵方襲擊，獵物資源穩定而易得。

②**綠葉兩腳獸地盤**：綠葉季節時兩腳獸活動異常頻繁的窩！小兩腳獸們會尖叫著跳進湖裡，濺起大片的水花。他們之中有些能像河族貓那樣游水，但動靜更大。

③**半橋**：最奇怪的一座橋，他的另一端延伸在水中，似乎不通向任何地方！兩腳獸把它們的「船」拴在上頭。

# 河族湖區領地

我知道我有些偏見——但河族的確找到了最棒的湖區家園。你看到我們的營地了嗎？對了，我是霧足，河族的副手。進去之前，你先往四周看看：樹木茂密，河裡到處都是魚。那後面就是湖。在湖裡抓魚要比在河裡困難，但我們正在學習。最大的麻煩在於兩腳獸。綠葉季節，他們很喜歡來這個地方。

看到小河匯流成大河的地方嗎？河流分岔的三角地帶就是我們的營地。你能學河族貓一樣游過去那邊嗎？或是你也可以從那些墊腳石上跳過去。注意你的腳下！有些石頭很滑的！

漂亮！你做到

了。現在來看看那些植物吧！你幾乎聽不到湖面上兩腳獸的吵鬧聲。看到那個黑莓叢了嗎？那裡是育兒室。入口周圍常常會有一抹陽光照耀著。

長老和豹星的窩在那些灌木叢中。聞到了嗎？有點刺鼻又有點甜的味道。你可以藉此判斷我們已經接近巫醫窩了。

繞過這片荊棘灌木，小心有刺。看到它是怎樣懸在河流上了吧？下面的泥土都被水沖走了，在根部留下一個池子，並在岸邊挖出一個洞。蛾翅就是在這裡儲存她的藥草。她睡在那個苔蘚窩上。噢，你好，柳掌！我知道了，你正在整理漿果。蛾翅和曙花在一起嗎？曙花今早說她肚子痛。我們只是探頭進來看看，聞聞氣味，然後就不打擾你啦。

總有一天，這個地方會變得像我們的舊營地那樣美麗。我們無法在水裡找到許多貝殼，但兩腳獸留下了許多有光澤的東西，我們的小貓喜歡拿著它們玩耍。不過，我們把任何東西帶回營地前，都會仔細檢查的。對我們而言，很多兩腳獸的東西都是有害的。

好了，這就是我們的營地。過河的時候注意腳下，同時提防兩腳獸哦！

# 豹星的想法

## 致命聯盟

你竟然敢批評我？你當過部族的族長嗎？你掌握過那麼多隻貓的命運嗎？你曾在短短的幾季中面對過火災、洪水、毒藥、饑餓、入侵者和兩腳獸嗎？我曾經眼睜睜地看著小貓和長老們死去。我應該束手無策，任其發生？

我是一名偉大的族長。我會作出艱難的決定，並嚴格遵守。我用公正、嚴厲的懲罰對待錯誤的行為。戰士們尊敬我，只要我發言，他們就願意追隨我，直到河流的盡頭。

還有，當遇到強大的力量時，我會承認它。請告訴我——為什麼曲星可以接受軟心腸的雷族戰士的幫助，而河族卻不能與虎星結為聯盟？因為他有一個關於森林的計畫——對所有部族的遠見！要是你遇到他，你就能理解了。虎星明白我們承受著多大的苦難，知道該怎樣救助我們。我堅信，風族和雷族很快也會加入我們的。

成為一個部族後，我們便可以統治森林。

沒有貓會挨餓。獵物總是有的，在河裡，在樹林裡，或是在曠野中——所有的貓都將因此獲益。我們共同的威脅是狗、獾和兩腳獸，那我們為何還要浪費精力相互戰鬥呢？把我們所有戰士的力量都聯合起來，或許我們就可以戰勝兩腳獸的怪獸！

想想我們可以實現什麼吧！想想我們將變得多麼強大吧！

虎星對虎族有著強烈的信仰。當他侃侃而談時，我能看到未來在我們面前展開。要是我現在就加入他的計畫，那麼他和我將成為聯合族長。高星和火星就得追隨我們。

我知道現在是虎星掌權，可那只是他的想法。一旦萬事俱備，他就會聽我的。

要是如我所料，虎族的到來是不可避免的，那我寧可成為整個森林裡第二強大的貓，也不願被逐出森林獨自遊蕩。虎星就曾這樣。他非常清楚那是多麼的脆弱和孤獨。他告訴過我那是怎麼回事，我永遠不想成為那樣的貓。唯一令我不安的是，他總在談論混血貓的問題。

當我任命石毛為副手時，我並不知道他有一半雷族血統。事實上，連他自己都不知道。可是現在我們知道了，他和他的妹妹霧足都是混血貓。虎星說不能信任混血貓。他一直都這樣認為——還記得發生在灰紋身上的事嗎？

我懷疑他一直在監視我們，在等待時

機向雷族洩露我們的祕密。

最終，他背叛了我們。要是我們想在所有麻煩面前生存下去，虎族就不能容忍這種分裂的不忠誠。

我不清楚虎星打算怎樣處理混血貓的問題，但我知道他一定會有所行動的。我已經暫時允許他留少數影族戰士在我們營地保護我們。他們跟河族貓不一樣。他們正在河岸邊用獵物骨頭堆建了一座小山，這令我噩夢連連……

# 重要的族長

## 河星

綠眼睛的銀灰色長毛公貓。對自己的部族寬厚而熱情，對其他部族遇到的麻煩則毫無興趣。（如果允許的話，他連森林大會都不想參加！）河族的創立者——與雷、影、風一起發展戰士守則。大家一致認為訓練見習生的導師制度是由他所建議的。

**副手**：不詳。

**見習生**：不詳。

## 曲星

體型碩大的綠眼歪嘴淺色虎斑公貓。

果斷、強壯，為了部族的安全，願意靈活行事。帶領部族經歷了可怕的禿葉季，而為了不讓部族遭受饑荒之苦，接受了雷族戰士的幫助。當火災將雷族驅離他們的家園時，他為雷族提供了避難所。

**副手**：豹毛（後來叫豹星）。

**見習生**：灰掌（灰池），石爪（石毛）。

## 豹星

帶有少見斑點的金色虎斑母貓。

驕傲、不友善。一心只尋求對河族最有利的條件。把對河族的控制權移交給虎星，表明其糟糕的判斷力。

作為副手，曾在雷族逃避營地火災時幫助過他們。

帶領她的部族來到新的湖區家園，並迅速打下穩固的領導基礎。

**副手**：石毛、霧足、鷹霜（臨時性的）。

**見習生**：白掌（白爪）、鷹掌（鷹霜）。

# 重要的巫醫

## 花皮

優雅的玳瑁色母貓。

勇敢、粗心、行動迅速。她認為，巫醫也是另一種形式的戰士，可以代表族貓與看不見的疾病和傷痛作戰。

育兒室被一場洪水沖毀後，她拯救了一窩小貓。（可參考領地以外，月亮石是怎麼被發現的。）

## 棘莓

漂亮的白色母貓，身上有黑色斑點，藍眼睛，醒目的粉色鼻子。迷人、思維靈活、善於達成自己的願望——只要她提出來的事，曲星都會去做。對於闡釋星族徵兆十分謹慎。

想出一個好辦法，將治病的藥草藏在新鮮獵物裡，這樣生病的小貓就會吃下去了。

## 泥毛

長毛淺褐色公貓。耐心、聰明、坦率。透過詮釋飛蛾翅膀的徵兆來挑選新見習生，而不在乎她的非族生血統。

## 蛾翅

美麗的金色母貓，三角形的臉上有一雙大大的琥珀色眼睛，長長的皮毛上泛著黑色虎斑條紋。她是一隻名叫莎夏的無賴貓和影族前任族長虎星生下的女兒，不斷爭取被部族接受。

認為星族並不存在。

當部族受到小貓帶回營地的微量兩腳獸毒藥的侵擾時，在葉池的幫助下，治癒族貓。

# 影族
## 影族的黑星

你好。我是黑星。敢來影族領地，你的確很勇敢。在我們這個神秘與黑暗的世界裡，絕大部分的貓是不受歡迎的。我們是一個精明而聰慧的部族，是個適合月影和寒冷北風的部族。沒有哪個部族能像我們一樣在夜路上行走。其他部族或許更快更強，但我們卻是最危險的戰士：兇猛、驕傲、獨立。只要能保衛我們偉大的部族，我們願意做任何事情。根本就沒有什麼善意的同盟！影族永遠都是森林的黑暗之心。

**部族特點**：好戰，富有侵略性，野心勃勃，對領地十分貪婪。據説，吹過影族領地的冷風凍僵了他們的心，使他們生性多疑，好猜忌。

**獵　　物**：生活在影族沼澤裡的蛙類、蜥蜴和蛇。在領地遠程的邊界，有一處神祕的兩腳獸垃圾堆食物源，但他們必須小心，不能吃下受到污染的老鼠或食物。

**捕獵技巧**：影族貓比其他部族的貓更善於在夜晚狩獵，能熟練地在灌木下悄然潛行。

# 影族森林營地

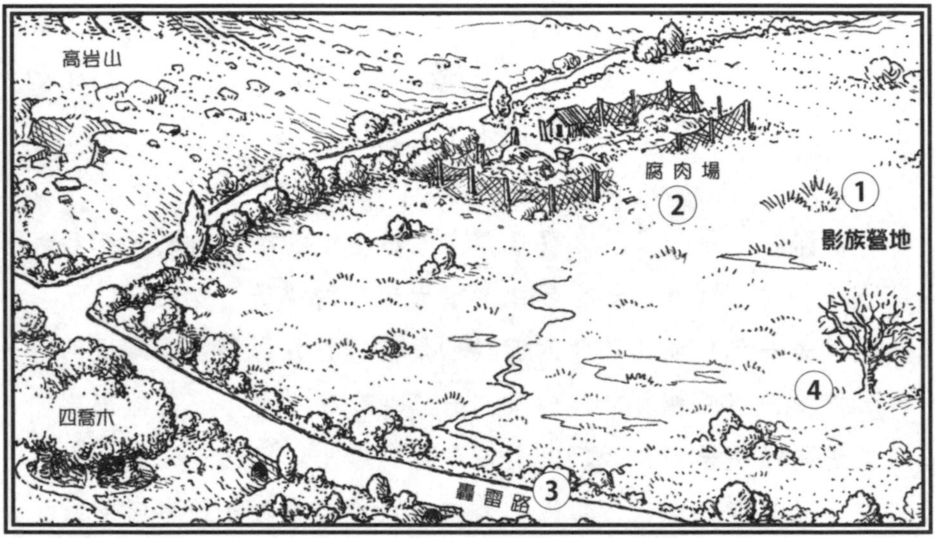


①**影族營地**：一片隱蔽得很好的黑暗空地，深藏於陰影中，被像影族戰士一樣多刺而兇悍的黑莓叢包圍。

②**腐肉場**：噁心！聞到了嗎？這是老鼠和疾病潛伏的場所。

③**轟雷路**：影族貓可以自由穿越最可怕的轟雷路邊界，這種能力提高了他們的聲譽，因此他們被認為擁有神祕的力量，並且不可戰勝。

④**焦楓**：很久以前，被閃電擊中的一棵老樹。見習生們常常在這裡練習夜間狩獵，以及在灌木下無聲地行走。

# 影族森林營地

我的名字叫圓石。啊哈，我看得出來，你已經意識到這不是正常的戰士名了。好吧，我曾經是兩腳獸地盤上的一隻獨行貓，並以此為榮。

我能夠自己狩獵，並照顧好自己。後來，我遇到了一隻影族貓。他跟我說了關於森林的故事。他希望我放棄自由，加入他的部族！我差點兒扒下他的皮。我可不需要什麼族長或部族。

可他卻說個不停，其中的一些內容似乎還有點兒道理。例如，等我老到無法自己狩獵了，該怎麼辦呢？以前我可從未考慮過這些問題。

於是，我答應參觀他的營地。跟著我，你會看到我第一次來到森林時所見到的一切。從那以後，我就再也沒有離開過營地。

我熱愛轟雷路這一側的森林。腳掌下的松針就像柔軟的地毯。松林散發出的氣味清新撲

鼻，沼澤土壤則充滿了神奇的味道。你能感覺到獵物在樹葉下竄逃嗎？

繼續跟隨我穿過這些荊棘叢吧，沒錯，這條小路——就是我腳掌踩的這裡，通往一片空地。我知道，這附近的地面並不像有草蓋著的感覺，但卻多泥而涼爽，很適合保持獵物的新鮮。

我們的族長睡在那邊大橡樹的樹根下。戰士窩就在那邊的荊棘叢下。我知道，從外表上看，那兒的刺很多，但裡面卻鋪滿新鮮的苔癬。我偷偷告訴你，這可是比我在兩腳獸地盤上找到任何地方都舒適得多。

空地邊上的那塊光滑巨石，就是族長對我們講話的地方。你看到另一塊靠在它上邊的岩石了嗎？岩石下面形成了一個半遮蔽的洞。巫醫就住在裡面。地上挖了很多洞，用來保持葉片和漿果的新鮮。生病的貓可以在巨石另一邊的鳳尾蕨上休息。

我在兩腳獸地盤生活的那段日子，從來沒有其他貓關心過我的傷勢和病痛。育兒室在那一邊，就是被荊棘灌木掩蓋著的那片空地。在這裡你就能聞到乳香——因為昨天剛剛誕生了一隻小貓哦。我不會花太多時間和那些最小的傢伙們在一起——總害怕會踩到他們或怎樣——但我喜歡看著他們成長為強壯的見習生和忠誠的戰士。

你為什麼總是盯著獵物堆呢？噢，我明白了，你看到了一隻青蛙。我知道它們看上去很倒胃口——但請相信我，我第一次進入森林時，和你一樣不願意去品嘗它們。但你應該試試看。首先剝去皮，不然會很難咀嚼的。裡面的肉的味道就像混合起來的兔子和魚。我說的可是真的！好吧，孩子，還是把它留給某個戰士吧。

聽著，我知道其他部族認為影族貓既奇怪又心黑，但我們和他們一樣，都是忠誠的戰士。你不需要懼怕我們。

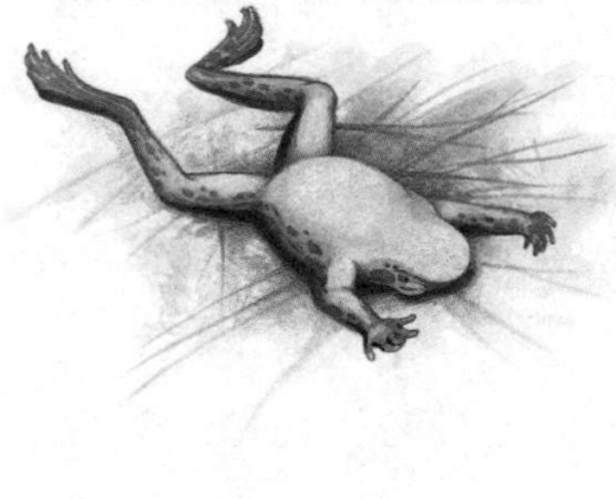

# 影族湖區領地

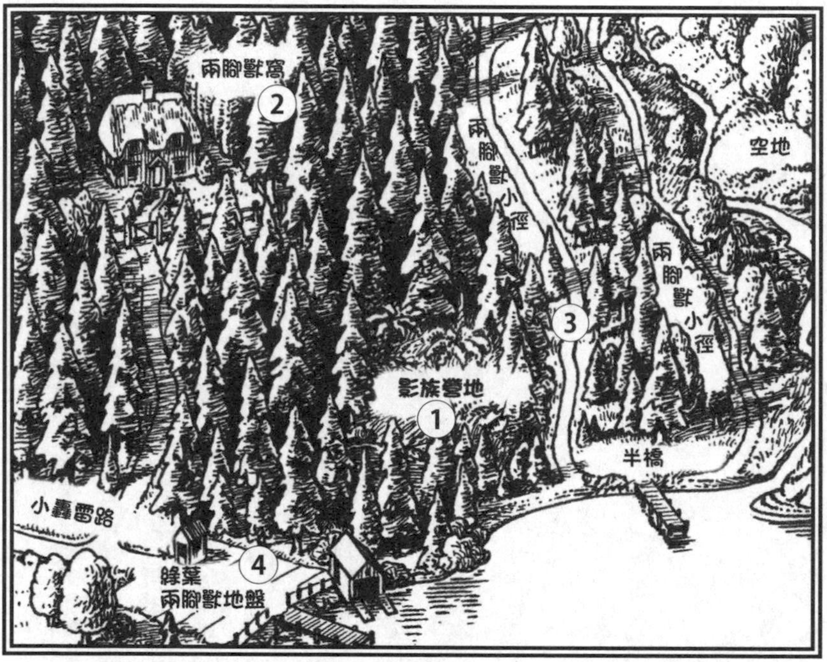


**①影族營地**：比舊森林裡的家園離兩腳獸近得多，但這塊營地依然隱藏得很好，應該很難會遭受敵方的襲擊。

**②兩腳獸窩**：兩隻好鬥的寵物貓的家。別讓他們抓到單獨外出的你，不然你會成為寵物貓的盤中餐！

**③兩腳獸小徑**：綠葉季時必須避開這裡。整個綠葉季，兩腳獸們都會在這些道路上踩來踩去！

**④綠葉季兩腳獸地盤**：另一群兩腳獸在綠葉季節時常出沒的地方，他們在這裡搭起小窩，點起可怕的小火堆。但另一方面，他們有時候會遺留下我們過去在垃圾堆找到的那些食物。

# 影族湖區營地

你萬萬沒想到黑星會讓你進入影族營地，對吧？大部分的時候，他是很敏感的貓，不過我們很高興有一位想到什麼就做什麼的族長來帶領我們。

我叫褐皮，是我發現這個地方的，你聽說過這件事嗎？

我跟你說，當我們終於找到這個營地的時候，其實我非常擔心。這個領地看起來似乎不錯——周遭都是松樹、影子與黑暗。可是樹枝看起來比我們平常習慣的高度還高，而且灌木也非常稀疏。

走到斜坡差不多就天黑了，你看得到池子底部嗎？它離營地很近，我們不用辛苦地跑到湖邊，就能讓長老和小貓方便用水。

走吧，跟我跳上這些圓石，跳到最上面的那一塊——那裡是俯瞰整個營地的最佳場所。

很壯觀，對吧？你無法想像底下會有那麼多隻貓。他們都藏在纏結的荊棘叢下面。瞧瞧周圍和頭頂這些低垂的枝條吧。你是不可能看到我們像雷族那樣被獾蹂躪的場景的！

請注意，我們並不是懦夫。每隻影族貓，哪怕是小貓，都會為了捍衛我們的領地和尊嚴而戰鬥到死。無論其他貓怎麼說，我們都是森林裡最兇猛的部族。

我生下來時並不是一隻影族貓——但很榮幸，我現在已經是其中的一員了。我喜歡變得兇猛，喜歡在黑暗中狩獵。你絕對看不到我像河族貓那樣懶洋洋地曬太陽，也看不到我穿越森林時像雷族那樣發出那麼大的動靜。

但我們也有自己的樂趣。我和煙爪喜歡爬上湖邊的樹，觀看水中的兩腳獸。他們的船就像天鵝的翅膀。兩腳獸製造出很多噪音和水花，有時候船會翻倒，他們會掉進水裡！然後，他們會重新調整，抖開船的翅膀，再度嘗試。沒有比這更有意思的事情

了。我永遠也不會踏上船一步——還是留給河族貓去做吧！

總之，透過這些荊棘叢，你就能看到營地。與舊營地一樣，從一頭到另一頭整齊地排列著：首先是育兒室，接著是見習生窩，然後是戰士窩和族長窩，盡頭則是長老窩。這使得小貓和長老們離低垂的枝條最近，而戰士則正對著入口，以防不測。

巫醫窩在族長窩後面遠處的角落裡。小雲找到了一個枝條不那麼密實的地方——也必須要看得到天空，以便解讀我們的戰士祖先傳遞下來的消息。

黑星會在懸於他窩上方的那截樹幹上發布消息。你真應該看看他發火時氣沖沖地爬上那棵樹的樣子！

我們的營地就是這樣的。我應該讓你探頭到窩裡看看的，但影族貓對陌生訪客並不友善。

儘管黑星說了沒關係，我想你應該還是盡可能不要在這裡逗留太久。如果我是你就不會在影族領地裡逗留。

朝這邊走吧，跨過一條小溪，你就能進入森林中的雷族領地了。在那裡你絕對安全。那些好心的笨蛋向來都會收留迷途的傢伙們。那麼，再見了！

# 重要的族長

## 影星

綠眼、厚皮毛、渾身有肌肉的黑色母貓。一位戰略家，兇猛而獨立（甚至不相信她的族貓），驍勇善戰。影族的創立者——與雷風、河一起創立戰士守則（但她的整個餘生都在抱怨這個守則）。是最先死去的開族族長，在她發起的與其他部族的戰鬥中，丟掉了第九條命。

**副手：**不詳。

**見習生：**不詳。

## 鋸星

身材壯碩的深棕色虎斑公貓。幼年時因為打架，皮毛被對手弄得淩亂缺損。自負而狡詐。等到他看出兒子碎尾的嗜血本性時，已經為時太晚。在影族受到腐肉場周圍的老鼠持續數月的騷擾之後，終於靠暴力戰爭打敗了它們。
**副手：**狐心、雲毛、碎尾（後來叫碎星）。
**見習生：**爪掌（爪面），碎掌（碎尾）。

## 碎星

深棕色的長毛虎斑貓，耳朵已被撕裂，面部寬而扁平。尾巴中間的部分彎曲，猶如折斷的樹枝。

冷漠、有野心、殘酷、兇惡、無情。

陷害殺死了自己的父親鋸星。

由於把精力都投入到戰鬥當中，讓小貓過早地成為見習生，還強迫部族用腐食替代獵物，使得部族的實力被削弱。

最後被自己的母親黃牙弄瞎並毒死。

**副手：**黑足（後來叫黑星）。

**見習生：**蘚掌、田鼠掌（他們倆都在成為戰士前神祕死亡）。

## 夜星

年老的黑色公貓。勇猛卻虛弱。碎星被驅逐流放時，他接替了族長的職務。努力重建破碎的部族——但星族沒有賦予他族長應有的九條命。他的副手死後，他也很快因為從垃圾堆感染的疾病而死去，使部族淪為實現虎星野心的工具。

**副手**：灰毛。

**見習生**：曙掌（曙雲）。

## 虎星

前爪很長、體型龐大的暗褐色虎斑公貓，擁有琥珀色眼睛。野心勃勃、狡猾、富有魅力，是傑出的鬥士。

在謀害藍星未遂之後，被藍星驅逐出雷族。

放逐期過後，他獲得了影族的領導權——用罕見的效率重建了影族。

聯合影族與河族，創立虎族。以犧牲許多貓的生命為代價，把血族引入森林。

最後被血族族長所殺。

**副手**：黑足（後來叫黑星）。

**見習生**：烏掌（虎星在雷族時的見習生）。

### 黑星

碩大的白色公貓，腳掌烏黑發亮。傲慢而善於防衛。他被放逐時，虎掌將他帶回影族，所以依然對那隻危險的虎斑貓心存些許感激和忠誠。帶領部族逃離被兩腳獸毀壞的森林，來到了湖區的新家園。

**副手**：黃毛。

**見習生**：高掌（高紅）。

## 重要的巫醫

### 礫心

無私、富有同情心、竭盡所能在任何問題上幫助族貓。由於不知疲倦地工作，身體變得虛弱起來。意識到垃圾堆裡的老鼠是一種傳染病源。他最後極度不幸地死於一場鼠疫。

（可參考領地之外，月亮石是怎麼被發現的。）

**黃牙**

（可參考雷族巫醫，黃牙。）

**鼻涕蟲**

永遠都在擤鼻涕的小個子灰白色公貓。緊張而安靜。壽命很長，退休後成為長老。

**見習生：**小雲。

**小雲**

小個頭的棕色虎斑公貓，擁有一雙淺藍色的眼睛。富有同情心，忠於職守。自從雷族的巫醫煤皮救了他的命之後，他們便成為密友。

作為一名巫醫，在可怕的病疫時期，他曾向雷族求助，並帶回藥物，拯救了影族。

## 黃牙的想法

# 一隻忘恩負義的小貓

我剛知道將有自己的小貓，就意識到這是來自星族的懲罰。巫醫是不能陷入愛河的。無論從哪個角度來說，我和鋸星的關係都是一個錯誤，這點我很清楚。但我萬萬沒有料到，整個影族會因我的過錯而遭受懲罰。我好好地保守著自己的祕密。誰也不知道影族的巫醫懷了小貓。當然，我告訴了鋸星。他非常高興……那本該是令我更害怕的。他那種認為我們可以不計後果、為所欲為的傲慢……

那是一次艱難的生產，可怕的生產，也是一種徵兆。那天早晨，我意識到小貓就要降臨，於是偷偷地溜出了營地。我在一棵枯死的樹下發現了一個洞，裡面盡是濕漉漉的樹葉，有一股霉菌和腐爛的味道，可我已經沒有力氣走得更遠。我希望那裡的氣味能掩蓋我獨自在樹林裡生產的味道。我不想被任何影族貓發現，哪怕是鋸星。我只希望事情趕快結束。我感覺像是在那棵柏樹裡躺了好幾天似的。我的全身到處發疼，從毛尖到腳掌都在疼。作為一名巫醫，我本該有能力照顧自己，可我太虛弱了，什麼都做不了，甚至連帶在身上的藥草都沒辦法吃。

最終，我身旁的樹葉堆上多了三個小傢伙。其中兩個在蠕動，另一個卻完全沒有反應。我用腳掌戳了戳她，可她生下來便夭折了。她的眼睛永遠也不會睜開。

我把另外兩個小傢伙拖到身邊，使出全身力氣，開始舔舐他們想讓他們暖和起來，然後醒過來。我剛碰觸其中的一隻，他就發出了生氣的哀號聲。而另一隻小母貓只是腿腳抽搐，微弱地嗚咽著。從一開始，我便看出那隻小公貓是一名戰士了。他的哀號聲那麼有力，竟然沒有招致整個部族都跑過來找我們，真令我驚訝不已。他每動一下，都會用腳掌蹬踏妹妹，可妹妹卻幾乎沒什麼反應。

我盡可能長時間地舔她，但她的呼吸卻越來越微弱，最終完全停了下來。她的尾巴抽搐了一下，然後便不動了。我將鼻子貼近她的皮毛，悲傷籠罩著我。這是來自星族清晰的徵兆：這些小貓根本就不該出生。

我將注意力轉移到那隻唯一存活下來的小貓身上，看到他那張扁平小臉上的表情。對這個世界而言，他是個新生兒——而他也還看不見，只能摸索著爬到我的腹部吮吸奶水。可他的臉分明已經因為某種強烈的情感而扭曲了……是憤怒？或是埋怨？我從未在任何貓的臉上看到過如此恐怖的表情，更別說是一隻新生的小貓了。

恐懼頓時襲遍全身，令我感到異常寒冷。也許這個小貓也不該活下去。對於部族，甚至對於整個森林來說，一隻生來便如此憤怒的小貓只會是個嚴重的威脅。

但緊接著，他蠕動到我身旁，將臉埋在我的毛髮之中。他是那麼的小，那麼的無助。或許我誤解了剛才看到的那一幕。說到底，他無非是隻小貓罷了——我的小貓，我所愛的鋸星的兒子。我不能親自撫養他，但我能在空地的另一邊看著他成長。我應該相信，他將會成為一名優秀的戰士。我舔舐著他的頭頂。他發出了細微的呼嚕聲。我的心似乎在膨脹，充滿了整個胸膛。返回營地之前，我埋葬了他的姐妹們。我在泥地裡把洞挖得很深，任何貓都不會聞到她們的氣味。

然後，我便從灌木叢下偷偷地溜了回去。我的毛髮糾結在一起，散發著霉菌的味道，小貓則被我叼著晃來晃去。在一個離營地入口不遠的池子旁，我把自己清理乾淨。等我們進入營地時，沒有貓能看出我所經歷的痛苦。

我剛從荊棘叢通道走出來，鋸星就發現了我們。他正眼都沒瞧我一眼，只管盯著小貓看，眼中難掩興奮和期盼。他連忙從空地迎面跑過來，跟著我走進育兒室。蜥蜴紋正在裡面看顧著幾天前才剛出生的兩隻親骨肉。她的淡棕色虎斑皮毛和白色腹部在幽暗的育兒室中隱約泛著微光。她帶著不友善的眼神，瞇眼看著我。我一向不怎麼喜歡蜥蜴紋，也不太相信她。不過她別無選擇，蜥蜴紋是目前唯一能哺乳的貓后。

我把小貓放在蜥蜴紋腳邊，小貓立刻發出一聲憤怒的尖叫。

「這是怎樣？」蜥蜴紋嚷道。

「這是小貓。」黃牙回應。

「他是我的孩子。」鋸星鑽進育兒室，緊接著驕傲地說。

「喔，是嗎？」蜥蜴紋喵聲說：「這也太神奇了。如果我知道公貓可以生孩子，我早就該讓泥爪自己來搞定這幾隻搗蛋鬼了。」

鋸星不理她。他一進來，我突然有種空間在一瞬間變小的錯覺，彷彿裡面的空氣全被他吸進去似的。我好想緊貼著他的皮毛，跟他訴說自己所歷經的一切，以及告知他森林裡埋了兩隻死去的小貓。但我只能強忍住內心的激動，此刻的鋸星還是沒看我一眼。

他蹲下來，聞聞自己的兒子。小貓試著抬起頭，一掌在空中亂揮亂擊，啪的一聲打在鋸星的鼻子上。虎斑公貓嚇了一跳，猛然縮回脖子。

「你們看！」他高興地大叫：「他已經是個小戰士了！」

蜥蜴紋瞇著琥珀色的眼睛冷眼旁觀的模樣，讓我感到不自在。「他的母親不希望自己的身分曝光，她沒辦法照顧這隻小貓，所以希望你能代為照顧他。」

蜥蜴紋甩動尾巴。「這是什麼鼠腦袋的話？」她破口大罵：「我為什麼得再多忍受一隻只會喵叫不停的小毛球？我也不願意養孩子，但我可沒把他們亂塞給其他貓啊。我可沒這責任照顧部族裡所有被棄養的小貓。」

鋸星斥喝一聲，蜥蜴紋嚇得趕緊縮回睡鋪上。「他沒有被棄養，」鋸星嘶聲說道：「他是我的親生兒子，而且永遠都會是我的骨肉。你這不知好歹的貓，這可是莫大的榮耀啊，副手的兒子很可能就是部族未來的領袖，大家可是搶破頭要當他的母親呢！」

蜥蜴紋低聲嘶叫幾聲，很識趣地不再跟鋸星辯下去。我心想或許她覺得他說得有道理，一旦當上照顧鋸星兒子的貓后——即使全族都知道她不是孩子的親生母親——蜥蜴紋在部族裡的地位便會大大地提升。

「好吧，」她粗聲粗氣說：「把他交給我。」

當我眼睜睜看著蜥蜴紋把孩子擁入懷裡，突然感到一陣惶惶不安。在蜥蜴紋這樣野心勃勃的貓后的教養下，他將會過著什麼樣的生活？沒有貓會知道我才是他的母親，甚至包括他自己。我永遠都不能守護他健康成長，叮囑他遵守戰士守則、信賴星族的智慧了。

我只能冀望他一切都將安好。

「他的名字叫小碎。」我有氣無力地說道。蜥蜴紋點了點頭，看到了他尾巴上像是碎斷的樹枝那樣的彎曲。每隻貓都會覺得這是他名字的由來。可事實上，我這樣叫他是出自於我把他留在那裡時的感覺，我的心幾乎都要碎成兩半了，我的生活也彷彿碎成了兩截。

大部分的貓都猜測，鋸星的副手狐心是小碎的母親。狐心總是顯得有些神祕，而他又常常允許她離開。狐心從不反駁那些流言。對她來說，讓其他貓認為她是小貓的神祕母親是有好處的。可是，幾個月後，她在與垃圾堆附近的老鼠作戰時死了。

不久之後，蜥蜴紋也命喪綠咳症。接任的副手雲毛的壽命也不比她們長多少。那個時候，碎尾已經長得夠大了，鋸星更讓他成為了副手。鋸星總認為，他的兒子將成為一名偉大的族長。他對碎尾的所有缺點——他的狡猾、他的殘忍、他暴虐的本性——都視而不見。鋸星不再在乎我了。從他的目光落在小貓身上的那一刻起，他的生活全部圍繞著碎尾。

隨著碎尾一步步地奪取權力，星族對我的懲罰也漸漸展開。我意識到，自己帶進森林的是一個魔鬼。可那是我的錯，我必須承受。我心裡總還覺得他是隻剛出生的小貓——那棵枯樹下被我看護的一小團絨毛。當我為了保護我剛加入的部族而被迫殺死他時，我知道自己終於走到了懲罰的盡頭。是我把他帶到這個世界的，儘管痛苦無比，但還是得由我送他離開。但那時，我已經找到了一個比碎尾更真實的兒子。

我只希望，火心能成為一名偉大的族長——那是碎星永遠無法做到的。從某種意義上來說，是我幫助他走上那條路的。或許這樣，星族最終會寬恕我。

# 星族

等到天黑，直到夜空中繁星密布。你能聽到他們的喃喃低語嗎？他們是否在向你低聲述說那些神祕場所和冒險之旅？順著月光小路穿過森林，感受鳳尾蕨在腳下劈啪作響的聲音吧。風吹過你的皮毛，泛起了層層波紋。迷霧環繞著你，模糊了森林那熟悉的輪廓。從蕨叢中擠過去，直到踏上一片空地。立在你周圍的是四棵巨大的橡樹，月光勾勒出它們粗壯黑暗的身影。我會在空地中央的那塊巨岩上等著你。

我叫獅心。我是一名雷族戰士。在一次激烈的戰鬥中，為了保護我的部族，我失去了生命。現在，我屬於星族了，一個由我們的戰士祖先的靈魂組成的部族。

沒錯，你正在夢中。我們經常走進那些被我們守護的貓的夢鄉。別害怕。我知道，這是一個看上去彷彿充滿了迷霧和陰影的地方，但我向你保證，一定會有充足的光明來照亮最黑暗的心。由此，我們開始守護在我們身後的部族。

最悲傷的莫過於那些小貓走進我們當中的時刻，無論是因為生病，還是因為遭遇食肉動物，或是預料不到的災難。但我們喜歡小貓新生的時刻。還有，每次有雷族見習生成為戰士時，我的心都會跟著盪漾起來。

有時候，我們能感知這些戰士的命運。新族長的命運尤為清晰。當火星成為雷族族長時，我能看到他將憑藉勇氣與智慧，帶領部族度過可怕的時期。當虎星在影族掌權時，我們都知道，黑暗就在前方。可悲的是，我們無法改變將會發生在我們守護的那些貓身上的事情。要是可以，我願意做任何事來阻止在雷族領地肆虐的火災，並把我的族貓從狗群的攻擊中解救出來。但戰士們的生活充滿了悲劇，我們束手無策，無法阻止。我們能做的，只是用徵兆和預言來警示我們的後代，並希望他們會聽取這些警示。

那些與星族聯繫最緊密的貓，通常會成為巫醫。斑葉與我們之間具有某種特殊的聯繫。火星的女兒葉池在這方面也同樣出色。火星自己也常常會做預言性的夢——甚至在他還是一隻寵物貓時，就會做這樣的夢了。這些貓在夢裡與我們見面。他們能讀懂我們呈現在天空、樹葉上或水流中的徵兆。他們明白一顆流星或一片形狀奇怪的雲朵代表的意思。我們需要他們來理解我們，這樣，他們才能確保部族的安全。

這裡也有聖地，它融合了活著的貓群的世界和夢境裡的世界。在這裡，族長們可以接收幻象，尋求我們的指引。我們也會賜予他們九條命和他們的名字。

大多數情況下，我們只和自己部族的貓說話。但有時候，我們也會接觸其他部族的貓。現在，我比活著的時候更瞭解其他的部族。我願他們安好，哪怕是曾與我戰鬥過的貓。我們得讓四大部族都存活下去。

在生命中帶給他者重大痛楚的貓，死後會徘徊在一片奇怪的森林。我們能感受到那個遙遠的地方。虎星、碎星、爪面和暗紋都在那裡，他們被驅逐出祖靈們的部族，永遠不得安生。

其他貓同樣有不同的天空可以行走。急水部落有他們自己的祖先。我們的遠征貓在山地時，我們也無法看清他們。他們那時在不同的靈魂領地，我們無法到達那裡。

在前進湖區的征程中，我們與本族戰士之間的聯繫出現了問題。我們不得不親自遷徙，經過陌生的天空路線，才找到部族的新家。要是沒有他們，我們是找不到這裡的。而沒有我們，他們也不會發現湖區的家。

你是否正在疑惑，森林已經被兩腳獸破壞了，我們怎麼還會在這裡，在「四喬木」？別擔心，四喬木永遠在我們心中。不管我們在哪裡生活，它都是星族的一部分。

現在，回到你的窩，回到你恬靜的夢鄉吧。謝謝你來參觀星族。

記住，時刻睜大眼睛，豎起耳朵，注意觀察任何不尋常的東西，也許你也能看到我們在你身旁的世界留下的記號。

## 雪毛的話

# 一次哀傷、冷漠的死亡

我的名字叫雪毛，現在，我已是戰士祖先中的一員了。當我還是一名年輕戰士時，就加入了星族。我是在把影族入侵者驅逐出我們領地的過程中，被兩腳獸的怪獸殺死的。我和我的部族一起哀悼，但並非為了我自己的生命。我只希望活著的時候，能看到我的兒子成為一名戰士。當然，幾個月之後，我在星空中觀看他的戰士命名儀式。白風暴是那樣興奮、那樣勇敢，我真為他感到驕傲。我想，他一定知道，每次他站夜崗的時候，我都與他同在。

不久之後，我們便得知我的妹妹藍毛有了小貓。我真希望我們也能為她感到高興，但她卻違背了戰士守則。我知道，那會帶給她很多哀傷。小貓們的父親不屬於雷族。他是河族的副手橡心。

「一個小貓就要加入我

們的部族。」河族前任巫醫棘莓說道，「他有一半雷族血統，一半河族血統。」

「混血貓！」一名影族戰士啐了一口。

「但小貓是無辜的。」棘莓的聲音裡滿含怒意。

星族貓聚集在「四喬木」，樹上布滿了白雪，就像我們後代生活的森林一樣。那是個寒冷的禿葉季，許多貓都飢腸轆轆。每天都有越來越多的貓來到這裡，我們都因為無法幫助他們而感到沮喪。

「這隻小貓本來不一定會死。」月花嘶鳴著。她是我和藍毛的母親，但她並不贊同我妹妹的做法。「首先是藍毛錯誤地與部族之外的貓陷入愛河。現在，她正拖著三隻無助的小貓走在雪地中！他們之中的一個會死。另外兩個竟然能走到河族我感到很驚訝。」

「可是他們在那裡比在雷族更安全。」一個河族祖靈說道，「河族比其他任何部族都擁有更多的獵物；如果橡心願意接納他們，他們存活的機會就要大得多。」

「這我們可不知道。」月花說道，「要是她把孩子們安全地留在我們的窩，或許他們都已經成長為戰士了。」

「那條路上還潛藏著什麼呢？」梟星說道，他是雷族最老的靈魂貓之一，「好好研究研究那段未來吧，月花。」

「太黑了，我看不清楚。」她反駁道。

「可我們能猜到。」梟星低聲說，「如果藍毛和她的孩子們留在育兒室，薊爪就會成為副手。他是一隻充滿野心、性格殘暴的貓，這我們都知道。他會帶領他的戰士襲擊其他部族——這是現在這片森林最不應該發生的事。你寧願看著更多的戰士因為他的血腥領導而加入我們嗎？」

「那麼，小貓的命就是為了拯救那些可能被薊爪領向死亡的戰士，而付出的代價嗎？」月花咆哮起來，「我知道，藍毛覺得薊爪會是雷族一名不稱職的族長。可我們又怎能知道，擔任副手不會使他變成一隻更好的貓呢？」

「我們不知道。」棘莓說，「藍毛也不知道。她必須根據自己認為可能會發生的事情來作出選擇。我不贊同她現在的做法……我永遠不會危及那些無辜的小貓們。但我能理解她為什麼這樣做。」

「這是為了部族好。」梟星說道。

「但卻不是為了小貓好。」月花喝斥道。「我們不能改變將要發生在小苔身上的事。」

棘莓說：「我們只能確保，他在來星族的旅程中受到保護。」

「我會照顧他的。」我開口了，其他貓都回頭看著我，「我死的時候是一隻貓后。我的兒子白掌最近才剛離開育兒室。對於如何照顧小貓，我還記得很清楚……我懷念那一切。我會成為這個小貓的好母親的。」

梟星點了點頭：「我想雪毛說得對。她會是個不錯的選擇。」

「我同意。」棘莓說道。

此時，月花的眼裡流露出柔情與哀傷，她也點了點頭。

我悄悄地溜出貓群，沿著河岸而下，來到了陽光岩。我的腳掠過光滑的鵝卵石，就像是從上面遊過一樣。我能感覺到森林世界裡凜冽寒冷的空氣，但它們已無法穿透我濃密的白色毛髮了。

我發現，樹林裡幾隻狐狸生長之外的地方，藍毛正用尾巴圍住那三個灰色的小傢伙。她真幸運，因為小貓們全都長得像她，要是其中任何一隻有橡心的毛色，現在一定已經有雷族貓對她產生懷疑了。藍毛舔舐他們時，兩個孩子都蠕動著反抗。第三隻小貓卻彷彿在雪地中睡著了。那就是小苔。

藍毛用鼻子不斷地輕推她，眼裡溢滿了悲傷。我能體會到她的感受。雪花飄零落在她的腹部，稀疏的灰毛之下，她的肋骨顯現出來，可她還是不停地說：「噢，小苔！我都做了些什麼？小苔，求求你，趕快醒過來。小苔，醒醒啊，拜託。河的另一邊很溫暖，也很安全。我保證，父親會照顧妳的。就快到了，我勇敢的小女兒。」她哽咽道。

我低下頭，輕聲說：「小苔，醒過來吧。」

深灰色的小傢伙睜開眼睛盯著我。

「你是誰啊？」她咿咿呀呀地說道，「你的毛髮裡為什麼會有星光？」

「別害怕。」我輕聲告訴他，「我叫雪毛。我是來照顧你的。」

小苔抖了抖身子，邁著小腳掌搖搖晃晃地朝我走來。她的靈魂擠進了我的皮毛。在她身後，她的肉體依然蜷伏在藍毛身旁，可是她沒有注意到這一切。

「好冷喔。」她大聲抗議著，「我從頭冷到尾，連我的鬍鬚都凍僵了，你看。」

「我知道。」我舔著他的頭說道，「跟我來吧，你會暖和起來的。」

小苔卻猶豫了，她抬起頭，睜大她綠綠的眼睛望著我：「那我的母親怎麼辦？」

「她會沒事的。」我說道。

這是事實。儘管會有一段漫長的艱難歲月，儘管她永遠無法忘記小苔，但她會將回憶放在心中，把精力投入到她的部族之中。她會活下去的。

「但我想和她在一起。」小苔開始啜泣道，「我想和母親還有小霧、小石在一起。」

「你會再見到他們的。」我承諾道，「你會在星空中守望他們，直到他們來到你身邊。」

她把臉埋在我身上，點了點頭。我又回頭看了妹妹一眼，然後便和小苔沿著月光，邁步回到了星空。

# 領地

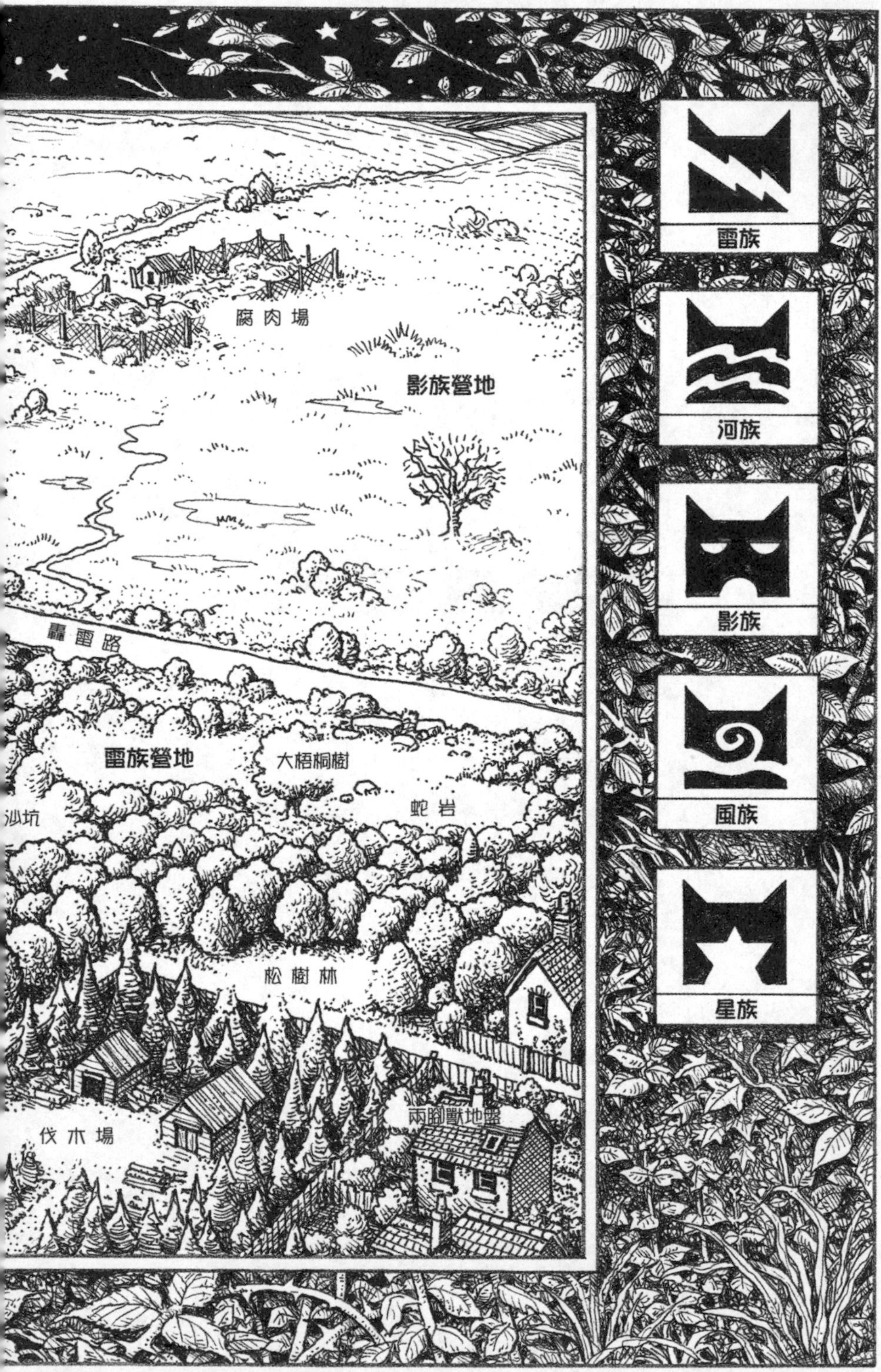
腐肉場
影族營地
轟雷路
雷族營地
大梧桐樹
蛇岩
沙坑
松樹林
伐木場
兩腳獸地盤
雷族
河族
影族
風族
星族

高岩山
兩腳獸牧場
風族營地
四喬木
瀑布
貓頭鷹樹
河流
陽光岩
河族營地

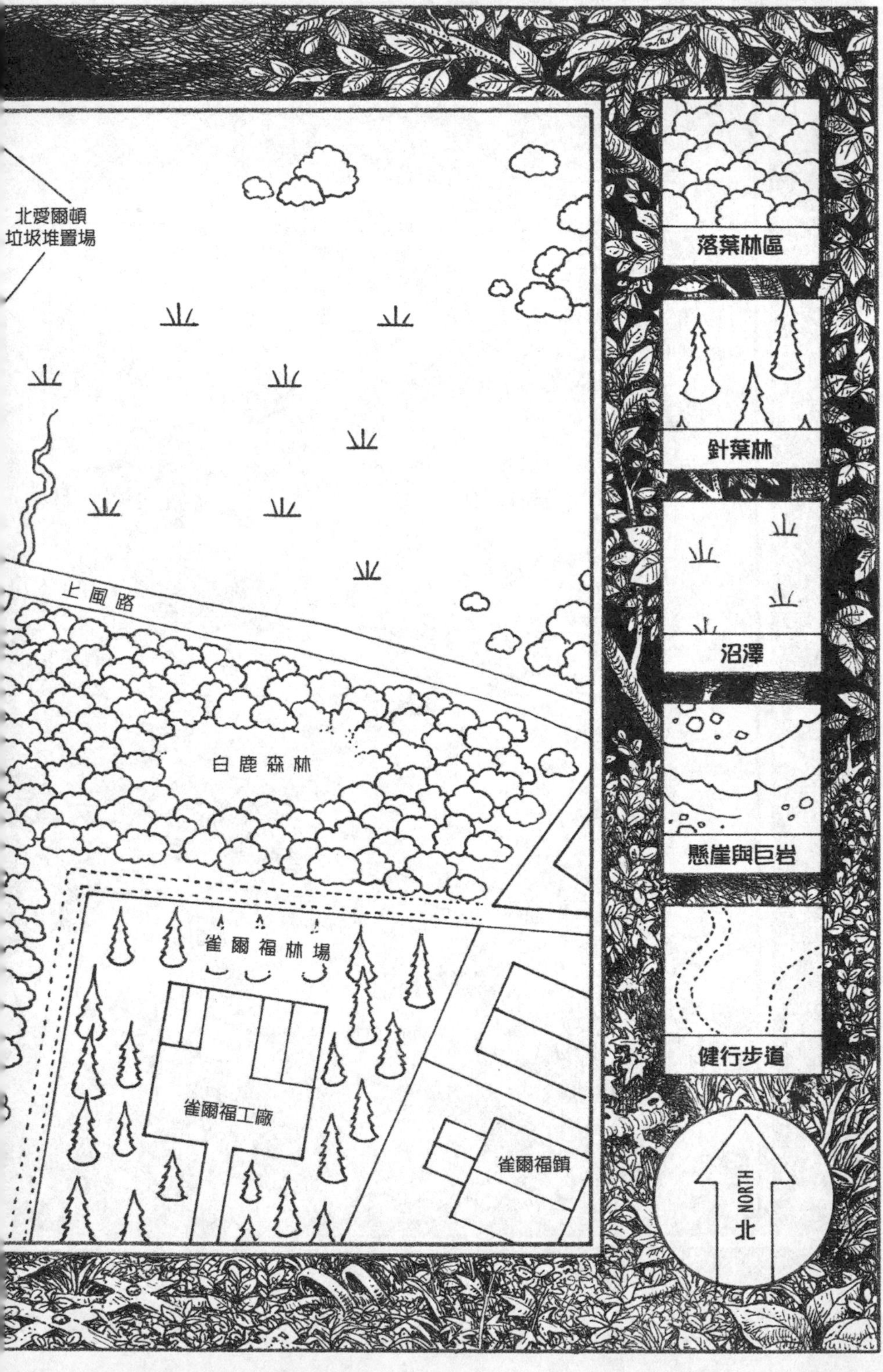
北愛爾頓
垃圾堆置場
上風路
白鹿森林
雀爾福林場
雀爾福工廠
雀爾福鎮
落葉林區
針葉林
沼澤
懸崖與巨岩
健行步道
NORTH
北

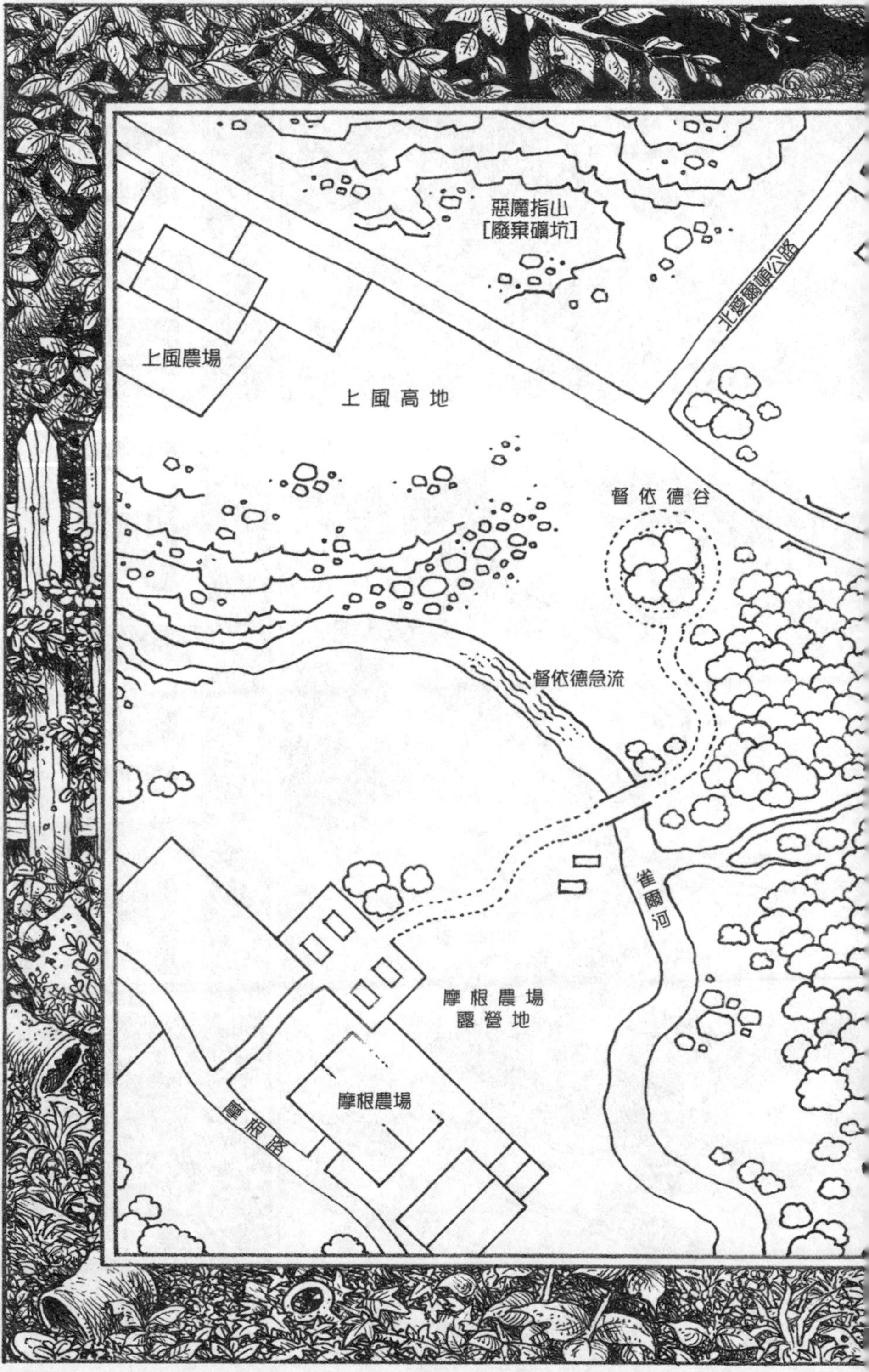

惡魔指山
[廢棄礦坑]
北愛爾頓公路
上風農場
上風高地
督依德谷
督依德急流
雀爾河
摩根農場
露營地
摩根農場
摩根路

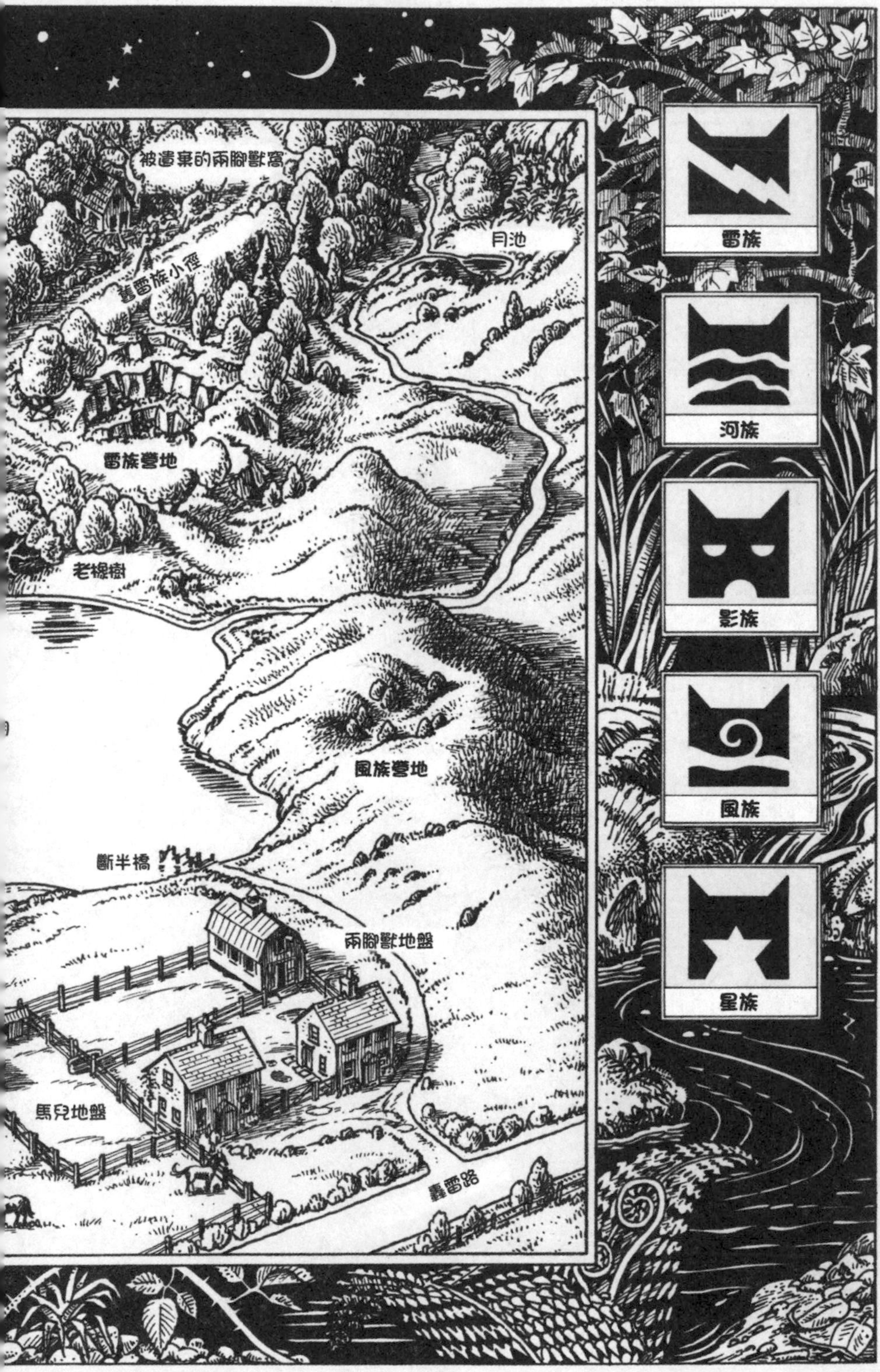

被遺棄的兩腳獸窩
月池
舊雷族小徑
雷族營地
老橡樹
風族營地
斷半橋
兩腳獸地盤
馬兒地盤
轟雷路
雷族
河族
影族
風族
星族

綠葉
兩腳獸地盤
兩腳獸窩
空地
兩腳獸小徑
兩腳獸小徑
影族營地
半橋
小轟雷路
綠葉
兩腳獸地盤
半橋
小河
小島
河族營地

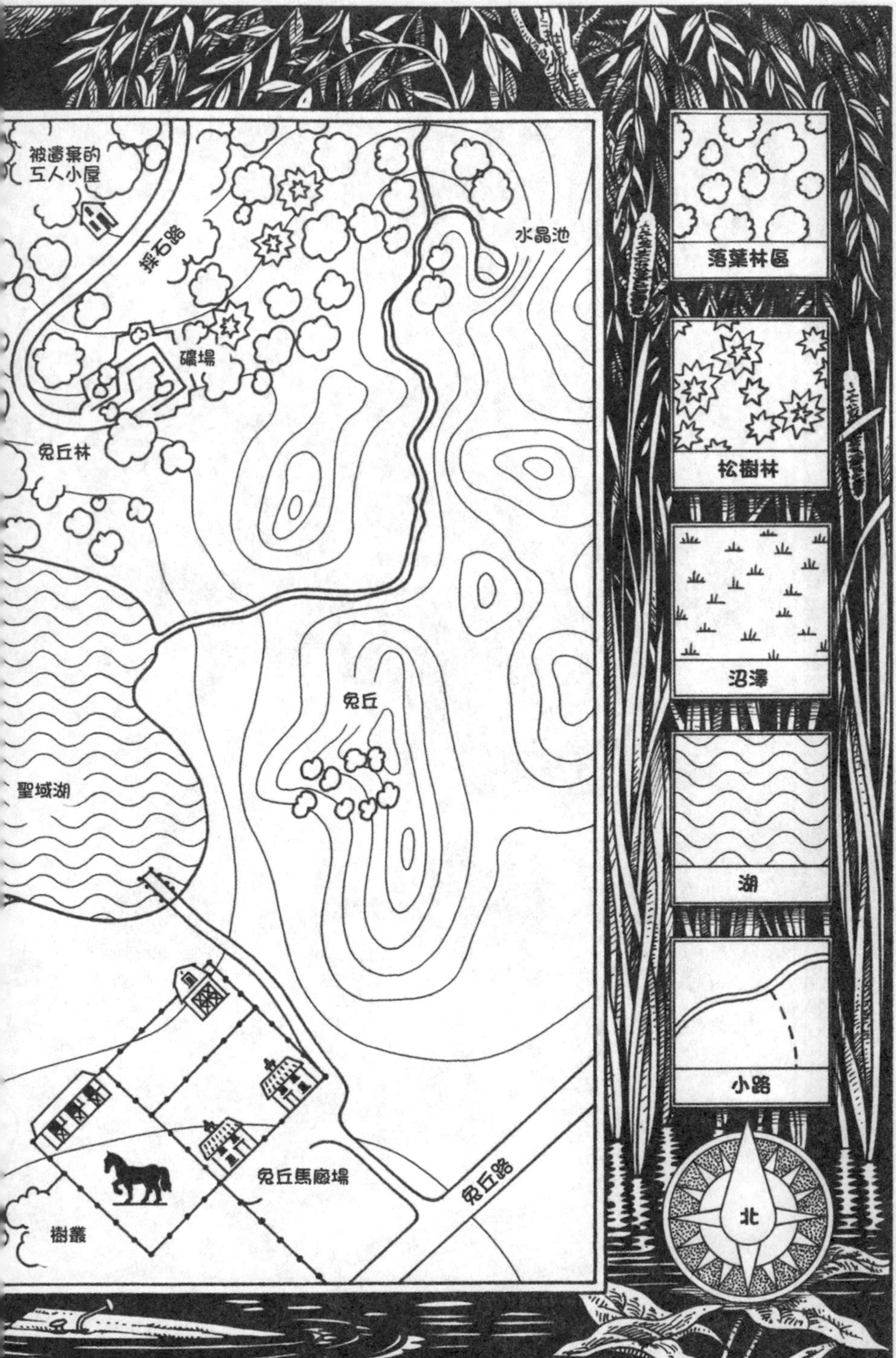
被遺棄的
工人小屋
採石路
水晶池
礦場
兔丘林
兔丘
聖域湖
兔丘馬廄場
兔丘路
樹叢
落葉林區
松樹林
沼澤
湖
小路
北

觀兔露營區
聖域農場
塞德勒森林區
小松路
小松乘船中心
小松島
艾柏河
驪特高奇路

# 領地之外

## 四喬木

在森林中有一片空地，同時也是四族領地的交會處，這裡有一個地方是星族的聖地。四棵巨大的橡樹矗立在這塊空地的四個角落，而空地中央有一顆巨石，是舉行大集會時族長們所站立的地方。每個月滿月的時候，四族的貓都會聚集在這裡，分享討論有關森林的事，共同度過一個和平的夜晚。

# 藍掌的想法
# 初見四喬木

從你邁出育兒室的第一步起，你就渴望能去四喬木。你期待見到來自其他部族的貓，期待把目光投向星族光芒照耀下的巨岩。但你必須等待。確切地說，需要等待六個月，等到你成為一名見習生。我第一次參加大集會，是在得到見習生名藍掌的兩天後。在我的第一堂訓練課裡，我抓到了一隻跟我一樣大的松鼠。我的導師石毛很驚訝，便推薦我去參加大集會。比我更年長的見習生們有的還沒參加過大集會呢。

月亮又圓又黃，就像我母親月花的眼睛。她和我並肩奔跑，尾巴自豪地揚起。我們在一處樹木繁茂的斜坡頂端停了下來。然後，我向下看去，看到了一片寬闊的空地。在它的四個角落裡，分別都有一棵樹——四棵看上去老得像遠處的石林一樣的巨大橡樹。

空地上到處都是貓，他們正在交頭接耳。月光下，他們的毛髮看起來都是銀灰色，毛皮泛起的波紋就像河面似的。他們的眼睛像跳躍的魚兒一閃一閃的。空地中央就是巨岩。它彷彿是從地下長出來的，猶如生根整座森林之下的大山峰。

當我第一次爬下斜坡，走到「四喬木」時，我的皮毛因陣陣刺痛而麻木起來。

我發誓，總有一天，我會成為那隻帶領雷族走進空地的英姿颯爽的貓。我會成為和其他族長一起躍上那塊巨岩的貓。

總有一天，我會成為藍星，雷族的族長。

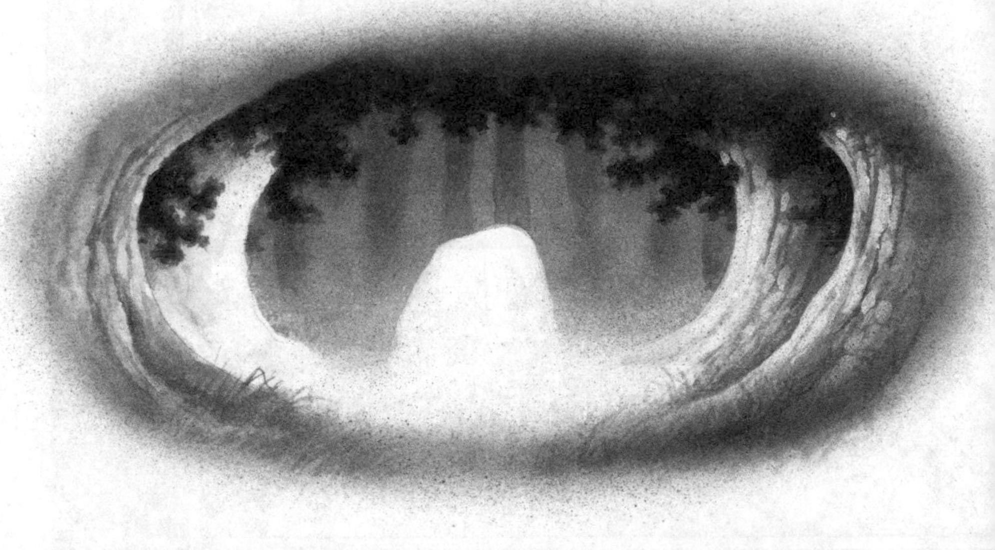

# 地圖

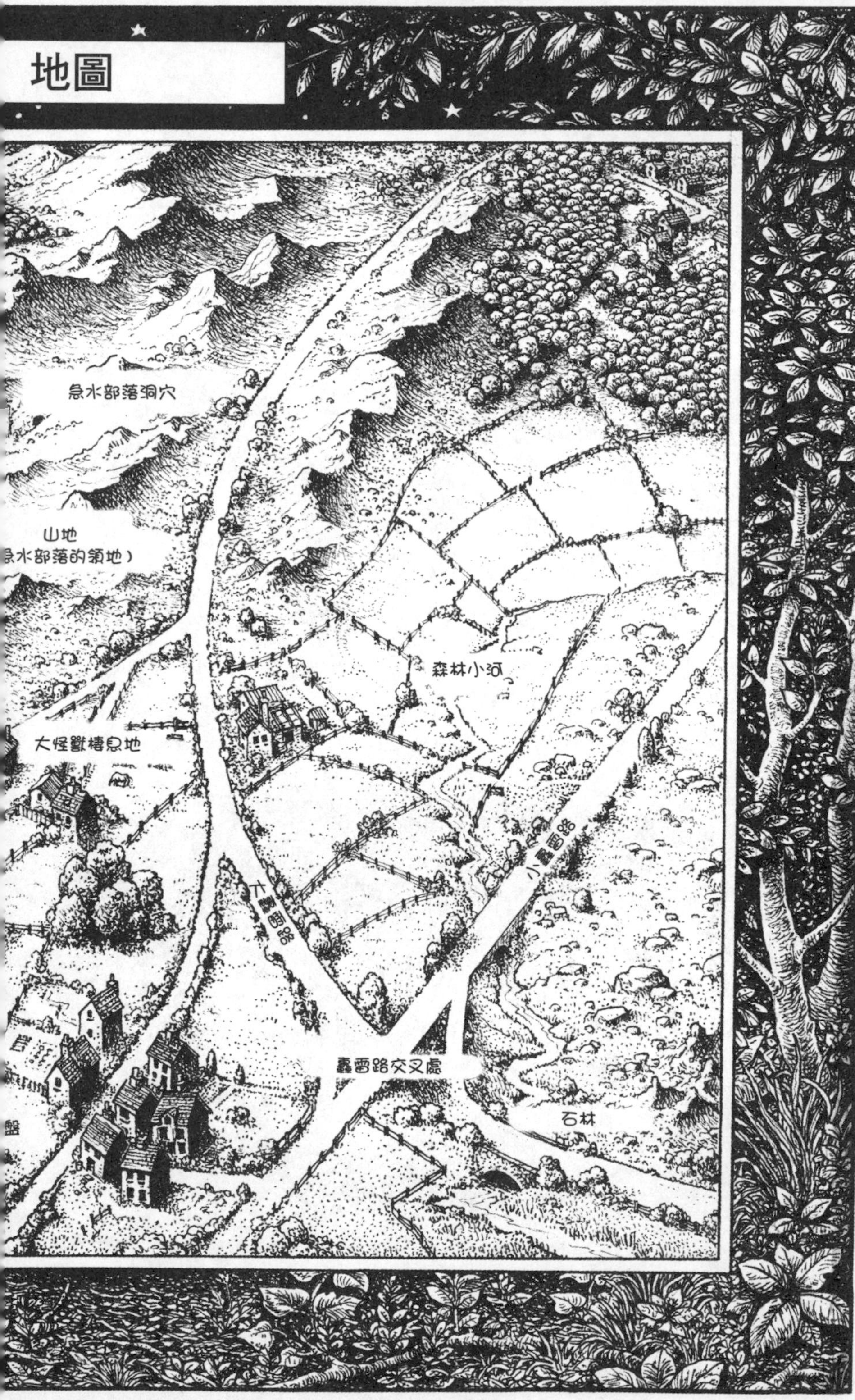
急水部落洞穴
山地
急水部落的領地）
大怪獸棲息地
森林小河
大轟雷路
小轟雷路
轟雷路交叉處
石林

# 大遷移

# 地圖

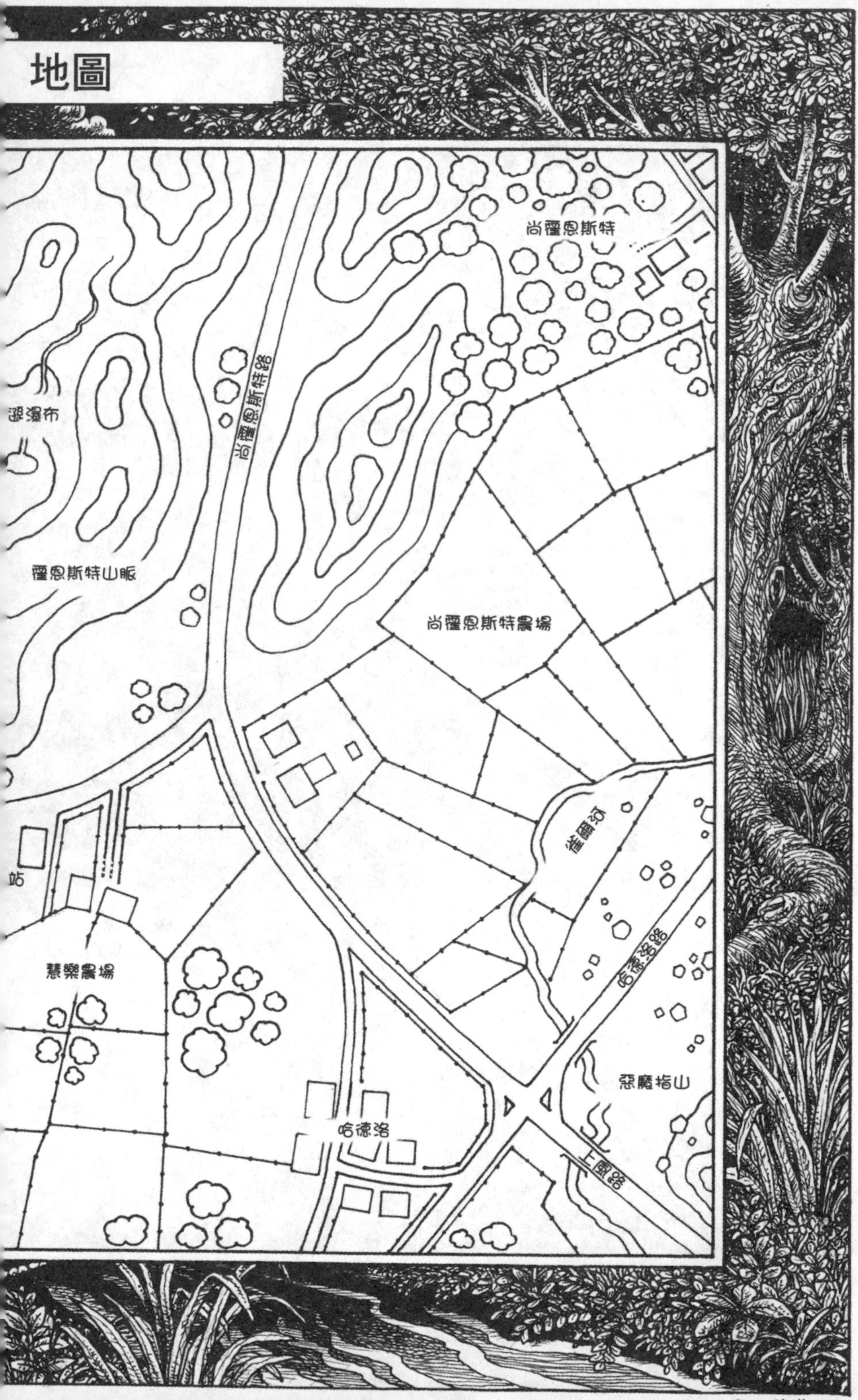

# 大遷移

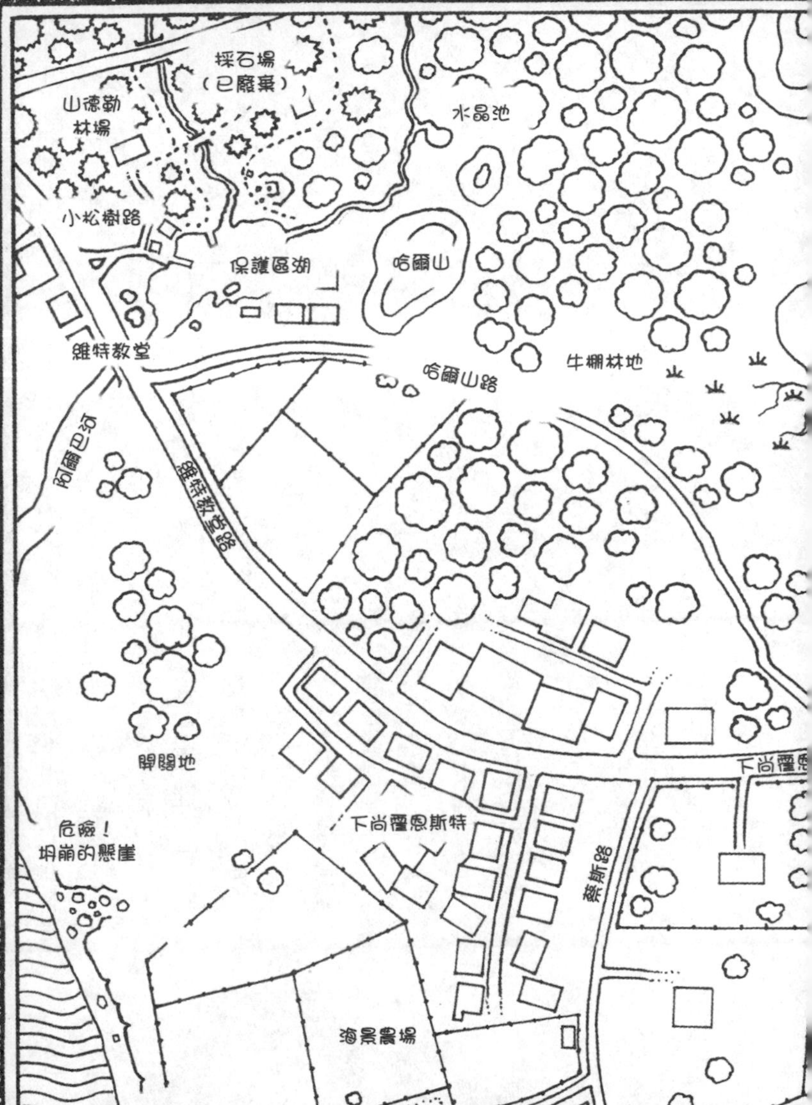
採石場
（已廢棄）
山德勒
林場
水晶池
小松樹路
保護區湖
哈爾山
維特教堂
哈爾山路
牛棚林地
阿爾巴河
維特教堂路
開闊地
下尚霍恩
下尚霍恩斯特
危險！
坍崩的懸崖
蔡斯路
海景農場
維特懸崖
維特
海灣

# 石林

在離風族領地北邊很遠的地方，走過一條危險的轟雷路，有一片被貓群稱為石林的山。其中一座山上有一個很深邃的洞穴，月亮石就在那裡。月光下，這塊能發光的岩石會變成銀色。只要有部族貓想和星族取得聯繫，都必須到這裡來。每個月的月半之時，巫醫們會一起來到這裡，交流治療方法，與星族對話。

# 月亮石是怎麼被發現的

很久很久以前，在森林的拂曉時分，族長們沒有辦法主動與戰士祖先交流。祖靈會出現在他們的夢裡，但他們卻無法去尋求指引。

當時，風族有一隻名叫蛾飛的貓。她擁有柔軟的白毛和墨綠色眼睛。她速度敏捷，心地善良，個性卻容易焦慮，而且還很健忘。完成狩獵巡邏後，她會帶回漿果，而不是獵物。當被問到這些漿果有什麼用途時，她會說她也不知道，但她覺得這些漿果可能會有用。

風族副手金雀毛不止一次發現，蛾飛在嗅聞其他部族領地邊界上的植物。要是她這樣做時被其他部族的貓發現了，金雀毛很清楚，風族一定會因此而付出代價。

有一天早晨，風星正帶領一支巡邏隊沿著轟雷路邊緣行進。她感到腳下有兩腳獸的怪獸發出的隆隆聲，於是回頭看了看她的戰士們，不由得倒吸一口涼氣。

蛾飛正穿越轟雷路，跟著一根被風吹向影

族領地的淺藍色羽毛往前跑。

風族族長的叫喊聲被怪獸的咆哮聲淹沒了。與此同時，金雀毛撲上轟雷路，猛然地將蛾飛推向安全的一邊。怪獸拖著噁心的氣味呼嘯而過，碎石飛濺到他們臉上。

「待在這裡。」風星對巡邏隊的其他隊員說道，然後便快速穿過轟雷路。她非常惱怒。金雀毛不僅僅是她的副手，同時也是她小貓們的父親。「鼠腦袋！」風星對著白毛戰士大吼道，「做白日夢，愛看羽毛，鼠腦袋！你差點要死掉了——我們差點都死了！」

蛾飛用腳掌刨著泥土。「對不起，風星。」她說道，「我感覺它好像是在召喚我。」

「那根羽毛？」風星說道，「召喚你去哪裡？」

蛾飛朝部族領地之外一片參差不齊的山峰點了點頭。

「很好。」風星繼續說道，「那你就跟隨羽毛去吧，讓你的腦子裡塞滿雲朵。除了漿果，你最好什麼也別吃。要是你不能遵守戰士守則，我們的部族就無法信任你。你必須離開！」

蛾飛的臉色頓時沉了下來：「可是我屬於風族！」

「這是對你的懲罰，蛾飛。」風星的眼神冷得像北風。

於是，蛾飛帶著深切的哀傷離開了家園。她走了一整天，穿越影族領地，朝利齒般的岩石群走去。當她爬得更高時，腳下的草漸漸變成了光禿禿的石質土地，樹木也被和「四喬木」的巨岩一樣大的圓石所取代。太陽沉入山脊的那一邊，岩石幻化為一顆顆鋒利的黑牙。

蛾飛正在舔舐自已被擦傷的腳掌，忽然，一隻畫眉鳥從灌木叢中飛出，貼著地面低飛過去。蛾飛跟在它後面飛奔，接著在一塊大圓石旁猛地停住腳步。那隻鳥沒入橙色的天空時，她幾乎沒有注意到——她正盯著的岩壁上出現了一個巨大的方孔。

她小心翼翼地走到開口處。裡面漆黑一片，靜謐的像一張大嘴的洞，影子正漸漸拉長。她必定會成為夜間捕食者最顯眼的目標。她嗅了嗅洞裡的氣息，沒有聞到其他動物的氣味。

蛾飛進入洞口，感到腳下的石頭冷冰冰的。她匍匐前進，感到地洞狹窄，風向下直灌。有時，她意識到有通往其他方向的岔路，但卻有個什麼東西一直在吸引著她前進。

在這寒冷陰暗的空氣中，她感到眩暈和飄忽，彷彿自己就是一朵雲彩。她的尾巴刷過地洞的頂部。但當她朝山體更深處前行時，卻絲毫不感到害怕。不知走了多遠後，忽然，一種新的氣味飄進了她的鼻子，聞起來像新鮮空氣和獵物。

蛾飛馬上停了下來。一道銀光傾瀉在她面前的黑暗中，映射出一個閃閃發光的洞穴。透過高高的岩頂，她看到了一片三角形的夜空，接著是升起來的月亮。

銀色的月光如流水般從岩頂的空隙中傾瀉而下，照在洞穴中央的一塊石頭上。石頭大概有三條尾巴那麼高，像蜘蛛網上的雨滴一樣晶瑩剔透。

蛾飛慢慢地爬向前，感到皮毛陣陣刺痛。憑藉著一種她自己都無法理解的本能，她趴下來，閉上眼睛，將鼻子貼在那塊冰冷石頭的表面。

然後，她睜開雙眼。此時，洞穴裡擠滿了閃閃發光的貓。

「歡迎你，蛾飛。你找到了月亮石。」一位祖靈低聲說道，「這是一個神聖的地方。你必須把對這裡的知識帶回去，傳遞給森林裡的貓。」

「可是我不能！」蛾飛說道，「我被放逐了。」她低垂著頭。

「你是因為擁有我們需要的力量才被放逐的。」那位祖靈繼續說道，「因為你的好奇心、你的幻想，還有你對世界上的種種跡象表現出的包容。我們將選擇你成為第一名巫醫。」

聽到這些話，蛾飛內心充滿了異樣的喜悅。「這是什麼意思？」

「你將會把自己奉獻給你的部族。」另一位祖靈開口了，「你將學習如何使用藥草治病。你將讀懂我們傳遞給你的種種徵兆。遇到難題時，用徵兆向你的族長諫言，並確保部族的安全。」

蛾飛搖了搖頭：「風星永遠不會讓我回去的。」

「真的嗎，風星？」

蛾飛猛地轉過身，看到族長模糊的身影。

「你正在做夢，風星。」祖靈低聲說道，「迎接你的新巫醫吧。她將回到你的身邊。」

風星動了動耳朵，毛髮也平順下來。她盯著蛾飛綠色的雙眼，點了點頭，然後便消失在空氣中。

「還有些貓你必須找到。」另一個聲音傳了過來。這時，三隻貓一起出現在她面前，都蜷縮成一團睡覺的毛球。

「河族的斑皮。」一隻星光閃爍，漂亮的玳瑁貓咕噥道。

「影族的礫心。」另一位祖靈推了推那隻深灰色虎斑貓，直到他在夢裡大叫起來。

「還有雷族的雲點。」另一位祖靈用尾巴指了指一隻長毛白耳朵的黑貓。那隻貓的胸膛和其中兩隻腳掌也是白色的。

「下次月半之時，把他們都帶到這裡來。」祖靈們齊聲說道，「我們會教你們怎樣成為巫醫。」

隨後，他們便漸漸隱去，只剩下閃爍的星光。蛾飛伸了個懶腰，舒服地蜷成一團。今晚，她將睡在月亮石邊。

明天，她將作為所有部族中的第一位巫醫回到森林去。

# 月池

貓族抵達他們在湖區的新家園時，他們知道必須找到一個替代月亮石的地方。去石林太遠了，但貓群需要星族的指引。

雷族的巫醫見習生葉掌發現了月池。

這個位於風族領地上方群山高處的小池子被石牆環繞著，涓涓細流從高處流下，成為池子的水源。

石頭上遺留的遠古掌印說明，很久很久以前，有其他的貓到過這個聖地……

# 一隻古代貓的話

我的名字叫磐石。我的部族原本世世代代都住在湖邊。

現在，新的貓群來到這裡，踏上了我們的足跡。他們帶來了自己的戰士祖靈。他們踩過我走了很多年的星路，與我的皮毛相擦。

他們分為四個部族，一起生活。這跟我們相互離得非常遠的三個部落不一樣。

四族擁有各自的巫醫和族長，而我們卻共用巫師。他們發現了祖先棲息的月池。池子形狀圓的如同滿月一般。

我曾經和另外兩名巫師一起去過月池。然後，我們溯溪而上，一直走到它在高山上的源頭，接著繼續向前，來到山中一條很深的溝裡。接著，我們爬上一段陡峭的岩坡，發現那邊還有一條溪流。

於是，我們沿著溪流繼續向上走，來到一處荊棘叢形成的屏障前。進去之後，我們在那裡站了一會兒，俯瞰山谷，傾聽從遠處絕壁間汩汩流出的水流聲。

山谷的中央就是月池。我們就像熟悉自己部落的氣味一樣，十分地清楚通往那裡的螺旋型道路。然後，我們閉上眼睛，在池邊喝一點水，等待幻象出現。我還記得那水清澈、涼爽的味道，猶如飲下銀色的月光。

看到新的部落來到月池，我感到很開心。希望它能為他們帶來寧靜和智慧，並長久地指引他們的生活。

# 小島

在湖區新家園，部族同樣需要替代「四喬木」的地方，用來舉行每月一次的和平大集會。一開始，他們在兩腳獸的馬場集會，但很快他們就發現了一個更好的地點。

小島就在河族領地旁邊，離湖岸不遠。年幼的貓和長老們是不可能游過去的，但星族讓一棵樹橫倒在水面上。

現在，貓群把這棵樹當做橋，在每個滿月之夜登上小島。在那裡，在那片中立而神聖的土地上，他們可以安全地舉行會議。

## 塵毛的話

# 星族如何賜與我們新集會場所

我們剛到湖區時，我記得從山上向下看時，能看到靠近岸邊的地方有一片黑壓壓的影子。我心裡暗想，那一定是座小島！我也這樣告訴過蕨雲，但她現在已經不記得了。

鷹霜說，那裡將是作為河族營地的絕佳場所。想像一下吧！整個部族佔用整座小島！但不管怎樣，他們的小貓和長老們該用什麼方法從湖岸游過去呢？

不過星族已經有別的安排了。他們希望這座小島成為大集會的場所，就像「四喬木」那樣，作為一處供四族開會的中立場所。

不久後，一場巨大的風暴襲來。泥爪試圖從一鬚手裡篡奪風族族長的位置，但我們趕走了他，一直追到湖岸邊。

那時，一道閃電的火光擊中了島上的一棵樹，將它劈斷，接著樹倒向湖岸一側，砸死了泥爪。

在證明了一鬚才是風族合適的族長的同

時，星族還賜予了我們一條通向小島召開大集會的道路。

現在，每個滿月之夜，大集會都會在小島中間被灌木和樹木環繞的空地上舉行。那時，族長們會爬上其中的一棵樹，透過枝條俯瞰所有部族，副手們則站在樹根的周圍。這是一個牢固而安全的地方。最重要的是，此刻的它屬於所有的部族。

# 太陽沉沒之地

離部族湖邊新家不遠的地方，有一大片被稱為「太陽沉沒之地」的浩瀚水域。

每天晚上，太陽在這裡沉入水中，就像被吞沒一樣。這裡的水有股怪怪的鹹味，拍打岸邊時還會發出轟鳴聲。

那隻名叫午夜的獾就生活在這裡。探索新家園的貓群被派到這裡後，瞭解到部族必須離開森林，遷往新的家園。

## 褐皮的經驗

# 旅程的結束

我幾乎無力抬起腿跟上其他貓。空氣裡充滿了鹹味，在那些怪鳥的尖叫聲中，我還能聽到遠方傳來的一種轟鳴聲。我還以為是獅族巨大的貓群正在我的視線之外徘徊呢。

接著，我們來到了懸崖頂端，腳下是一條通往水裡的沙質斜坡。我從來都不知道，世界上會有這麼大的容納水的空間。我們甚至看不到它的盡頭。

它泛起泡沫，咆哮著沖上沙地。太陽像個火紅的圓球停留在水面上。我們看著它慢慢沉入水中，把黑暗留給世界。

棘爪帶隊沿懸崖前行。我們走得越遠，懸崖就越斜向水面。懸崖邊緣參差不齊。透過岩石裂縫，我能看到奔湧而來的水。

棘爪從其中一處裂縫失足跌落，松鼠飛和我緊接著摔了下去。

鹹鹹的水淹進我們的嘴裡，刺痛了我們的

眼睛，想把我們拖走，但我們還是努力游到了乾燥的地面上。那裡恰恰是我們要尋找的洞穴。

當然，羽尾找到了一條更好的路可以行走，她需要借助崖壁上一連串凸出的岩石，這也是午夜進出的方式。你問我誰是午夜？嗯，她是一隻獾。關於她的故事，稍候會再提到……

# 儀式
## 族長

族長是部族的核心。他們的個性影響著部族的運轉、戰士之間以及戰士與周圍世界的相互關係。族長要樹立起一個好榜樣，指引族貓沿著戰士守則的道路前行。

他們要在副手及其他被選為顧問的貓（通常是巫醫、長老和資深戰士）的協助下，負責召開部族會議、命名戰士、指定導師和見習生，以及制定部族政策與戰略等。

當一隻貓成為族長時，他或她必須前往月亮石（或部族遷徒到湖區後的月池），與星族的戰士祖先交流。部族巫醫會在旅途中陪伴他們，但不會參加儀式。儀式上，族長會被賜予另外八條命，和一個以「星」字結尾的名字（藍星、火星……等等）。

這個過程可能會意外不斷且痛苦連連，但對族長們而言卻是非常重要的。它確保族長們能夠勇猛地為他們的部族而戰，有足夠長的壽命來傳遞他們的智慧，並培養一個新的族長。

儀式過程中，每一條生命都會由某隻貓賜予他們。

對新族長而言，每條命都在某方面具有特別的意義（可參考火星的九條命）。

當族長失去一條命時，他（或她）會短暫昏厥。

在此期間，這隻貓會造訪星族，與戰士祖靈對話。恢復意識後，族長還是必須從把他或她擊垮的傷病之中恢復過來。

巫醫通常都能分辨出族長還剩幾條命，但必須對敵對部族嚴守這個祕密。

# 火星的九條命

## 獅心

勇敢的前任雷族副手賜予了火星勇氣之命，用來在戰鬥中保護他的部族。

## 紅尾

火星從沒見過的藍星的第一位副手，但他非常努力地揭開了紅尾遭到謀殺的真相。因此，紅尾賜予他公正之命，用以公平地對待他的族貓。

## 銀流

她是一隻漂亮的河族虎斑貓，是灰紋一生的最愛。她賜予了火星忠於正確事情的能力。即使是超越了戰士守則所涵蓋的範圍，這種領悟力也能指引他。

**追風**

這位行動敏捷的雷族戰士把他那用不完的精力送給了火星，好讓他能夠最大限度地為部族服務。

**斑臉**

將他的生命贈予火星，使他能像母親保護小貓那樣保護他的部族。火星以為，這應該是一種溫暖而自然的感覺，但與此相反，他感受到的卻是爪尖上燃燒的暴怒，是隨時準備為了保護族貓而衝鋒陷陣的勇氣。

**疾掌**

這名年輕見習生錯誤地離開了部族，落入狗群的嘴裡。他送給火星的是孜孜不倦的教誨。

**黃牙**

富有同情心是黃牙的天性，這是一種巫醫對所有需要她的貓所必須具備的同情心。對一名族長而言，這種天性是非常重要的，他必須關注那些弱者。

**斑葉**

這名年輕巫醫把她的命給了火星，也傾注了她所有的愛，並且也包容沙暴對火星的愛。

**藍星**

火星的族長兼導師給了他最後一條命，希望他能在耗盡九條命的過程中，帶領他的部族沿著戰士守則的道路前行。

## 副手

我要在紅尾的屍體前宣布這個名字，好讓他的靈魂聽見，同意我的選擇。獅心，將成為雷族新任的副手。

部族的副手由族長選出，以便協助族長照顧部族。一名戰士想要獲得候選資格，必須有過至少一名見習生，而且必須強壯勇敢，同時還要具備在必要的情況下領導部族所需的特質。

族長不在時，由副手組織召開部族會議，如果族長生病，他還要代表族長出席大集會，並組織日常巡邏、監督見習生們的訓練。按照戰士守則，當一名副手死去或退隱時，族長必須在午夜之前任命新的副手。

下列情況下，副手將被停職：

＊部族的族長死去，副手接替族長之位。

＊副手退隱，成為長老。

＊副手違背戰士守則，犯下錯誤，被降職或被部族驅逐。

＊副手死去或在戰鬥中遇害。

## 見習生

為見習生命名顯示出我們雷族將會繁榮興盛。小白樺，從現在起你就叫樺掌……灰毛，你可以擁有見習生了，由你來當樺掌的導師。

一隻貓在成為戰士之前，他或她必須接受訓練，包括格鬥、狩獵、保衛部族。六個月大的時候，小貓便離開育兒室，成為見習生。這時，他們名字的第一個字「小」會被去掉，然後在後面加上「掌」字，象徵他們的爪掌已經成長。

族長會為每個見習生指派一名導師——負責指導見習生成為戰士。除了接受訓練之外，見習生們還要負責營地內的一些雜事，例如照顧長老。

如果他們夠努力，聽從導師的話，按照戰士守則行事，很快就能獲得戰士的名號，並有希望得到擔任導師的機會。

# 樺掌的期待
# 一名新見習生

真不敢相信，我終於成為一名見習生了。我夢想著這一天已經好幾個月啦！

沒錯，我的母親蕨雲不會介意我在育兒室再多待一陣子。有時候，她還像對待小貓那樣舔我的毛髮。但我知道，那是因為她思念著在森林饑荒中死去的小葉松和小冬青。因此她也擔心我，就隨她擔心吧。

有灰毛這位導師我很幸運。他很聰明，又有耐心，會讓我去嘗試每一件事，而不僅僅是做個示範。我最喜歡的是狩獵巡邏。如果沒有為長老們帶回足夠的食物，我們就什麼都不能吃。

但是，當你撲向一隻老鼠、或是追逐一隻松鼠、或是潛伏在一截樹樁上時是多麼激動的事啊。

我聽過那些在本該狩獵時卻偷吃東西的見習生的故事，知道他們惹了多大的麻煩。這樣的事絕對不會發生在我身上！

我迫不及待地想要參加我的第一次大集會，我將被允許和來自其他部族的貓和平地交談。

我希望能看到小蟾蜍、小沼澤，還有小蘋果。他們都是影族貓，但從森林遷徙到湖區的征程中，我們成了朋友。也許我會告訴他們，那隻差點被我抓住的畫眉鳥實際上是一隻老鼠。他們一定會驚嚇連連的！

# 戰士

「蕨掌，今天是你對全族發出警訊的，剛才打鬥時的表現也非常出色，」藍星說，「現在該是你升為戰士的時候了。」

戰士是部族的生命。他們在邊界巡查，保持新鮮獵物堆的充足，保衛族貓免受敵貓或食肉動物的傷害。他們盡可能長時間地保護部族，也常常被指定為導師，訓練見習生，把自己學過的技巧傳授給他們。

在戰士的命名儀式上，見習生將丟棄他或她名字中的最後一個字——「掌」，並得到一個真正的戰士名——例如火星、沙暴、棘爪等。

## 蕨毛的回憶

# 一名新戰士

我還記得我成為戰士的那一天。當時，我正在見習生窩外舒展身體，火心問我是否想和他一起去狩獵。我不知道自己的導師在哪——那段時間，灰紋似乎非常忙碌。

當我嗅到風族和影族的氣味時，我知道，我們的營地因為碎尾而落入了險境。當我還是一隻小貓時，他是影族族長，將我和我的兄弟姐妹從雷族偷了出去。他遭到影族的驅趕和放逐，但隨後便發動了一場針對雷族營地的兇猛襲擊。現在，他是雷族的一名囚犯，但其他部族對此很不滿。這正是此次他們來攻擊我們的原因。

火心派我回營地，向藍星和虎爪報告。我知道他們來是為了碎尾的事，所以我守在他的窩外，竭盡全力地廝殺。為了保護這樣一隻惡貓而戰，我實在覺得有點奇怪。但我很清楚，藍星希望我們保護他。這就是忠誠對於我們部族的意義。

等我們趕走入侵者之後，藍星便讓我成為了戰士。整個部族高聲呼喊我的戰士名——蕨毛。我能感受到他們對我的支持與愛，我真為自己的行動和選擇感到自豪。

這都是我在守夜時想到的。儀式過後，直到破曉之前，我不能和任何貓說話。儘管激戰令我疲憊不堪，但我還是必須獨自守衛營地。我抬頭仰望銀河閃爍的光芒，覺得星族正守望著我。我知道，即使我的族貓失去了生命，他們還是會守護著我，直到有一天我也加入星族。這種感覺真好。

當火星把白掌交給我指導的時候，他和我談到，我應該如何從灰紋身上學到力量與友誼，他還說非常希望我能讓白掌學會忠誠與果敢。白掌看起來十分好學，並且異常興奮。只要時間允許，我就會帶她去進行邊界巡邏，更新氣味標記，查看是否有入侵者的痕跡。我們為長老和貓后們捕獲食物，然後我教她爬樹，並告訴她怎樣才能跳得最高，以便捕獲飛翔中的鳥兒。

很快，她也將成為一名戰士。我真有些等不及想看到火星喊出她的戰士名時她眼裡的神采，並且能和族貓一起分享她的喜悅。

## 格鬥技巧

導師必須教給見習生最重要的技能之一，就是如何進行格鬥。不管對手是敵對部族的貓，還是諸如獾和狐狸這樣的食肉動物，戰士們都常常被要求去守衛邊界，或是保護遭受襲擊的部族。甚至連巫醫都必須掌握足夠的格鬥技能，以便能在戰鬥中發揮作用。

**霹靂耙肚爪：**終止打鬥的技巧。伸出利爪往對方柔軟的肚子劃去。

**神風後腳踢：**充滿爆發性地一躍，從後面抓住對手，仔細判斷你與對手間的距離，然後後腳用力一踢——把身體的重量放在前腳掌上。

**高跳擒抱：**是小型貓對抗大型貓最理想的招式。彈跳到對手背上並用伸出爪子的腳掌緊抓住對方。這樣一來，你不僅可以處在對手腳掌的攻擊範圍之外，還可以在牠身上留下好幾個傷口。一群見習生對抗一隻大型的貓戰士時，就可以用這招。

**重砲前掌拳：**正面攻擊。用你的前腳掌重重地拍擊對手的前額；在這一招裡，爪子是收起來的。

**閃電前掌劈：**正面攻擊第二式。用利爪往對手的身體或臉部揮下，使用這一招時爪子要伸出。

**死命一咬：**朝脖子後方的致命一擊。快速、安靜，卻也是一種不名譽的攻擊招式。只有在最後關頭才可以使用。

**合作無間戰：**受訓要一同作戰的戰士們，最後經常必須與同伴倆倆作戰，如此在面對敵人的時候，還有同伴可以保護自己的背部。一同揮掌、出爪與彈跳，這樣的戰友可以對攻擊的一方造成嚴重的傷害！

**機動假死：**情況緊急，比方說當你已經被釘在地上時，這一招就很有效。停止掙扎、然後一跛一跛地前進。當你的對手鬆開爪子，以為你已經認輸時，再突然彈起身。這可以擺脫不夠警覺的對手的掌握、重新回到戰鬥位置。

**尖牙利齒咬：**瞄準對手的肢體末端——像是腿、尾巴、脖頸或耳朵——然後用牙齒用力咬住不放。這一招跟「高跳擒抱」很像，只不過你的腳掌仍有戰鬥力。

**縱身鎖定：**最後，給予虛弱的敵手壓倒性的一擊。後腿奮力一躍、以全身的重量撲向對方；如果對方跟你採取相同的動作，就把牠往下彈摔。但這個動作也可能讓你受到霹靂耙肚爪的攻擊，所以需要強大的力量與速度。

# 長老

金花，你自願放棄當一名戰士，並成為長老嗎？

是的。

你的部族為你和你給予我們的全部貢獻而驕傲。我祈求星族賜予你幸福的晚年。

戰士的一生艱苦而危險，很多戰士年輕時便死了——因為戰鬥，因為疾病，或是因為自然災難。那些夠幸運、夠長壽的戰士最終會卸下他們的戰士重擔，成為長老。

這些年老的貓將受到部族其他成員最深的敬重。

多年積累的經驗使他們成為族長尋求建議的無價源泉，他們通過講述過去的故事，讓部族的歷史代代相傳下去。

## 金花的想法

# 新的角色

當我還是一名年輕見習生時，我就夢想著成為戰士。我甚至曾經很想知道有了小貓會是怎樣的感覺，可我從未想過自己會成為長老。現在，我深知能走到這一步是多麼幸運的事。

所有的貓對待長老都心懷敬意。連見習生都聽我的話。如果我還是一名戰士的話，他們恐怕就不會那麼乖了。

長老們每天平靜度日，多數時候都在討論森林裡發生的事情，以及講述過去的故事，或是在太陽下打盹。

你可別誤解我啊。我仍然充滿戰鬥力，隨時準備狩獵或是保衛營地。當我還是貓后，照顧小疾時，一位名叫玫瑰尾的長老就在抵抗影族的襲擊時，為了保護我們而犧牲了。今天，我也會為了育兒室裡的小貓們做出同樣的舉動。

我們長老要擔負起一項傷感的任務。有貓

死去時，所有族貓都要聚在一起，進行最後的守夜。我們將為死去的族貓做最後一次清潔梳理。

那個晚上，一些特定的貓會待在屍體旁默哀——包括家庭成員、導師、見習生等。黎明時，我們這些長老便負責將屍體送出營地埋葬。

一直都是這樣。我已經為部族服務了很長的時間，最後能享受到和平與寧靜，的確很不錯。希望在接下來的很多歲月裡，我依然能夠這樣悠閒地享受下去。

# 違反戰士守則

## 雲尾的想法
## 寵物貓生活方式的誘惑

我不是故意違反戰士守則的。我只是沒有理解它。在我看來，它的部分內容制定得十分愚蠢。所以，我覺得自己只需要遵從其中明智的那些部分。

火心總是不停地向我解釋，為什麼我必須遵守這些守則。他一直忙不迭地指出我的錯誤，卻沒時間表揚那些我做對的事情。我比亮掌的速度更快，比刺掌更加強壯，比疾掌和蠟掌加在一起還要聰明。我決定讓族貓們看看，雖然我生來是一隻寵物貓，但我將會成為一名偉大的戰士。

有一天，我在一隻鴿子起飛前抓住了它。火心不但沒有讚賞我的狩獵技巧，反而還批評我，說我像一隻任性的小貓。他說我不尊重我的獵物。

我受夠了火心的訓斥，於是跑掉了。他本來可以追上我的，但他卻沒有。我跑啊跑，直到嗅到了轟雷路的氣息，知道自己已經來到了兩腳獸地盤。我本來想去看看我的母親的，可我太生氣了，所以決定去冒險。

我看到一隻豐滿的黑白相間的公貓正在一道柵欄頂上曬太陽，另一隻灰色長毛貓則轉著圈抓蝴蝶。這看起來比為長老們狩獵或是與火心爭執有趣得多，於是我便走了過去。

我剛走到一道淡綠色的柵欄旁，一道門就忽然打開了。我嚇得連鬍鬚都差點掉了！一隻母兩腳獸出現在我面前，她看見了我，然後蹲下來，發出了那種奇怪的咕咕聲。我垂下耳朵，嘶鳴起來。

令我驚訝的是，這隻兩腳獸回到了柵欄裡，並且讓門敞開著。難道我把她嚇跑了？於是，我便探頭進去觀察。地上的草很短，周圍一圈是花朵和灌木。我看著兩腳獸蹬上幾級臺階，開門進去她的窩。

緊接著，門又打開了，兩腳獸在臺階上放了些東西。

我一直等到她重新回到窩裡，才匍匐前進，想弄清楚她放下的是什麼。那東西聞起來很香，有點魚的腥味，但味道更重。它是淡淡的粉色，放在一片堅硬的白色葉子上。旁邊是另一片葉子，裡面盛滿了某種白色的東西，這讓我想起了育兒室。我認出那是奶。

其實，我並沒有完全弄清楚它們是什麼，就已經把它們全都吃光喝光了。

我餓極了！而且，我又不能把它們帶回去送給長老們。我並沒有傷害到誰！

我知道，戰士守則上說，我們不應像寵物貓那樣生活。可我想不出有什麼理由去拒絕從天而降的食物。更何況，這能為森林裡其他的貓省下更多的獵物，不是嗎？而且面前的食物得來全不費工夫。

從那天開始，我幾乎每天都去那個地方，只要一有機會，我就偷溜出去。很快地，兩腳獸便讓我進窩了。在那裡，我看見公兩腳獸踏著重重的腳步走來走去。他們有一條愛叫的白狗。打從一開始，那條狗就想和我一起玩，不過它對我並不構成威脅。它才剛剛學會走路而已。

但多數情況下，我會吃到略硬的棕色丸形的東西，而不是美味的粉紅色食物，不過味道也還不錯。我甚至不介意喝臭水。有時候，我真不知道為什麼母親要讓我遠離這種生活。但這並不是說我要留下來。

我還是想成為一名戰士的。我只是想兩者兼得。是的，我並不覺得自己有什麼錯。

當兩腳獸抓住我，把我關進怪獸肚子裡的一個鐵絲網時，我心想，雷族貓一定會很高興看到寵物貓的最終下場。但我還是希望他們明白，我不是自願被抓的。打從心底裡認為自己是一隻雷族貓，我渴望我的戰士命名儀式，希望自己能夠像偉大的戰士那樣受到敬仰。我想參加大集會。我要告訴你一個祕密……其實我已經有些愛上亮掌了。

火心說，是星族將他引領到我受困的地方，但我想，是因為我幸運地在兩腳獸的新窩附近遇到了他的朋友烏掌。

不管怎樣，當我透過窗戶看到火心時，那感覺就像是整個雷族都來營救我了。雷族希望我回去，這實在太讓我高興了。

當然，火心很生氣。但沙暴對此很寬容。再次見到我，灰掌非常激動，長老們也喜歡聽我講被抓的故事。我實在忍不住，所以講述的時候有一點點誇張。他們還以為我是去做某種英勇的探索了，而不是犯下了錯誤。這感覺很不錯。

從那以後，我懂得不能再接近兩腳獸了。我也了解到，雖然我不能理解戰士守則中的一些內容，但它們一定有存在的理由。

看到族貓們如飢似渴地聽我講故事，我更想成為一名戰士了，成為像火心那樣真正的英雄。

最重要的是，我想成為一名忠於雷族的戰士。

# 鴉羽過往的告白

# 這一段禁忌的愛

你是否曾感受過深愛一隻貓的感覺？愛到痛徹心扉，連皮毛都會微微顫抖。

羽尾理解我，願意傾聽我的內心。她有一雙如同她那部族河流般的清澈藍眼珠。為了讓大家脫離尖牙之苦，她奉獻了她的生命。羽尾回歸星族之後，我只能竭盡所能地為我的部族奉獻，等待到星族後與羽尾相聚的時刻。

但是後來我遇到葉池，她的個性既善良又富有耐心，聲音像卵石上的潺潺流水，身上氣息帶著野花的芳香。

這件事怎麼能又發生在我身上？我怎麼能夠又一次與其他部族貓墜入愛河——更何況她是一隻雷族貓，還是雷族巫醫？我知道戰士守則！我是一隻忠誠的風族貓，我很清楚愛上她的後果，可能會導致我的部族陷入險境。如果我瓜分了我的忠誠，我怎麼能算得上是一名真正的戰士？而且我也有可能會傷害葉池或是她所愛的貓，我又要如何才能阻止雷族的襲擊？

巫醫是禁止談戀愛的。她不能因為思念我而不去照顧她的族貓——他們都很依賴她。如果她滿腦子想的都是我，就容易忽視星族給她的預言。我知道星族將會因為我們的愛而暴怒不已。我衷心希望我能跟風族貓相戀——我希望我的戀情不會違反戰士守則的規定。

但是，風族裡卻沒有任何一隻像葉池一樣的貓。

我以為等我們遷移到湖邊家園時，就可以各過各的生活，這麼一來我就能忘記她。但是當我看到她來到我們的營地，替晨花和黑足送來水薄荷時，那種感覺令我難以言喻。當我意識到我掌控自己情感的意志竟如此薄弱時，我對自己感到非常憤怒。一鬚讓我護送她回去，我只能盡快加速腳步，因為一旦我和她開始交談，我的祕密就有可能會傾瀉而出。那時我要離開她的營地，她帶著甜美自然的態度向我道謝，彷彿我剛剛表現出如同一隻毛髮刺立的獾的形象不復存在。我必須盡快離去，不能讓任何一隻貓看出我拚命壓抑的情緒。

之後葉池找到月池，告訴我羽尾要傳達的訊息。羽尾說，我應該停止悲傷，然後將目光轉向其他的貓。這是什麼意思？難到羽尾贊同我對葉池的愛嗎？難道她不生氣嗎？

那一夜雨下個不停，事情起了變化。一鬚計畫到月池領取他的九條命，我本來應該注意到泥爪的呢喃低語以及他的反常神態，我根本沒有想到他會衝動地攻擊一鬚，而且還有其他部族的幫手。

那場戰鬥結束後，棘爪只是繼續去追趕那兩隻逃之夭夭的影族貓，我匆匆穿過曠野，進入雷族樹林，樹枝劃破我的臉頰，雨水刷過我的毛皮，但我繼續奔馳，一心只想逮住叛徒，讓他們所犯的錯誤可以得到懲罰。

突然間，我聽到前方傳來一陣尖叫聲，我便衝過了一片灌木叢，在我眼前的是葉池。那兩隻影族貓已經摔落谷底，而葉池正搖搖欲墜的掛在懸崖旁邊，爪子努力在光滑潮濕的石子上抓著。她瘋狂的琥珀色眼珠一看到我，便對我發出求救的叫喊聲。我頓時僵住了……腦海裡浮現盡是羽尾的神情，就是因為我救不了她才會害她死掉。

但我救了葉池，是她喚醒陷入回憶的我。當我探出身體，將她拉回安全的區域時，她也幫助我擺脫了過往的記憶，我們倆躺在地上氣喘吁吁的。從那一刻起，我很確定，我再也無法壓抑我對她的情感。我愛葉池，而且我告訴了她。

從她的眼神中，我看到跟我一樣的情感。她說出跟我一樣的感受——這種狀況是不能發生的，她是巫醫。但是我可以從她的雙眼看到她內心燃燒著的熊熊愛火，我看得出來她有多在乎我，我曾在羽尾的眼裡看過一樣的眼神……但她的更加不同。她的還意味著危險，以及被禁止的愛。每看葉池一眼，我有一種閃電刷過皮毛的刺痛感。我相信此刻她和我也有一樣的感覺。

從那一刻起，我便下定決心要想辦法跟她在一起。未來是令人恐懼的，但我們一定可以共同面對……我們的皮毛相依著，尾巴相纏，真心相愛，直到永遠。

# 預言與徵兆

星族傳遞的訊息並非總是很清楚。也許，巫醫工作中最艱難的部分，就是解讀自然界中隱藏的那些徵兆。它們真的來自於星族嗎？它們意味著什麼？它們會怎樣指引我們的腳步？

徵兆很容易被誤解，或是被篡改。例如，河族巫醫泥毛曾發現自己的窩旁有一片飛蛾翅膀，認為這預示著應該讓蛾翅成為他的見習生，哪怕她是虎星和一隻無賴貓的女兒。然而，葉池後來發現，那片飛蛾翅膀實際上是蛾翅的哥哥鷹霜故意放在那裡的，目的就是為了讓泥毛把它當做一種徵兆。他的計畫成功地為他鋪了一條路。後來，他要脅妹妹蛾翅，強迫她按照對他最有利的方式，篡改那些象徵著未來徵兆的含意。

有些貓隨處都能見到徵兆，其他貓則懷疑那到底是不是星族留下來的。如果我們的祖靈能夠走進我們的夢裡和我們對話，為什麼還需要用如此神祕的方式傳遞訊息呢？

不過，有些徵兆仍然是無法否認的。血族之戰爆發前夕，火星從一個池子裡看到的不是自己的倒影，而是一頭獅子。他意識到，這和那段獅子與老虎的預言有關（可參考重要的預言），只有聯合四族成立獅族，才能拯救森林。

風族結束逃亡生活回來時，巫醫吠臉看到黎明的霞光染滿血色。他將此解釋為當天會出現不必要的死亡。事實果真如此。在回雷族營地的路上，火星和灰紋遇到了河族巡邏隊的攻擊，一個名叫白掌的戰士死在河谷邊緣。

另一方面，預言是星族對未來部族中即將發生的重大事件的昭告。儘管可能是不祥之兆，並且很難理解，但它們卻標記著整個部族歷史中那些重要的轉捩點。

## 藍星的預言

# 唯有火能拯救雷族

陽光岩之戰的那個晚上，斑葉得到星族傳來的這條消息。作為雷族族長，那是我第一次打敗仗。大家士氣低落，影族也不斷來騷擾。雷族需要更多的戰士，而我需要星族的指引。可我們得到的指引卻晦澀難解。「唯有火能拯救雷族」。

可是所有的部族貓都怕火，它又怎能救我們呢？

幾天後，我帶隊沿著靠近兩腳獸地盤的樹林邊緣巡邏。虎爪和烏掌走在前頭，我正轉頭問紅尾一個問題。

這時，我發現一隻貓坐在柵欄上朝森林裡打量。從他的坐姿來看，我認為他一定是隻部族貓。他看起來自豪、不安、好奇，好像隨時準備投入戰鬥。直射的陽光衝破雲層，落在他橙色的皮毛上，將他照亮，使他看起來猶如一團火焰。緊接著，雲層密布，火焰熄滅。

那隻貓開始一下一下快速而仔細地舔腳

掌。我意識到，他只不過是一隻寵物貓罷了，我一定是被預言擾亂了腦子。寵物貓跟火一樣，對我們毫無用處！

不過，我不斷地想到他。而在後來的巡邏中，我們又一次遇到他，我一點兒也不覺得驚訝。獅心和我看到他在抓一隻老鼠。他體型優雅，目光犀利。當灰掌去攻擊他時，他不但沒有像一般的寵物貓那樣逃跑，反而轉身迎戰。或許，我的判斷多少還是有些正確的……

所以，我邀請他加入部族，並為他取名為火掌。冥冥之中，我希望他就是預言和命運中註定的那隻貓。

我猜對了。我加入星族後，知道火心多次拯救了雷族，而且他會以族長的身份繼續這樣做下去。

他就是活生生的火焰：他用火的溫暖保護部族，用火的兇悍抵禦入侵之敵。

## 火星的預言

# 四化為二。獅虎交戰，血浴森林。

我是在成為族長的儀式上得知這個預言的。我獲得了我的九條命和族長名。接著，正當星族向我表示歡迎時，我看到一座用骨頭堆砌而成的山，山上濺滿血跡。我聽到藍星在低語：「火星，可怕的事情即將發生。四化為二，獅虎交戰，血浴森林。」這段預言的意思在我面前慢慢開展。是指森林四族。河族加入影族，由虎星統領，自稱虎族。雷族和風族合併為獅族……曾經的四個部族變成了兩個。然後，獅和虎將在戰鬥中相遇。

當然，在虎星透露他和血族的聯盟之前，我根本就沒聽說過什麼血族。那時我才發現我們真正的敵人。獅族和虎族必須聯合起來驅逐鞭子，否則血族將統治森林。幸運的是，我擁有鞭子不具備的某種特質——對星族的信仰。

憑藉著我的九條命以及與我並肩作戰的戰士祖靈，我戰勝了血族。最終，統治森林的是和平，而不是鮮血。

## 棘爪的預言

# 黑暗、空氣、水以及天空將會合而為一，而且從大地開始撼動整座森林。

我既不是巫醫，也不是族長，但這條預言卻降臨到我身上。

雷族前任族長藍星在夢裡告訴我，我必須在新月之夜和另外三隻貓見面，聆聽午夜的訊息。

你有聽說過比這更奇怪的事情嗎？那三隻貓是誰？我們應該在哪裡見面？午夜又怎麼會告訴我們任何事情？

後來，經歷了長途跋涉和艱難險阻之後，我才明白了整段預言的含義。

「黑暗、空氣、水以及天空將會合而為一，而且從大地開始撼動整座森林。萬物都將不同於現在，也不同於曾經。」你能猜出它的含義嗎？這是在說，來自各個部族的四隻貓將會合在一起。

影族是黑暗，風族是空氣，河族是水流，而雷族則是天空。我們的確撼動了森林的根基，但我們別無選擇。

兩腳獸正用他們的怪獸毀滅我們的家園，貓群將無法在森林裡安全地生活下去。褐皮、鴉掌、羽尾和我被選中，我們將帶領族貓遷往新的家園。

這就是星族所說的黑暗、空氣、水，以及天空將合而為一，從根本撼動整座森林。一切都將變得跟現在不一樣了，這是以前從未發生過的事。

從四大部族的貓跟在我們身後、踏出森林的那一刻起，我就知道，無論我們去哪裡，無論我們在哪裡安頓下來，一切都將不同了。

## 葉池的預言

**在和平降臨之前，血，依舊要濺血，**
**而湖水將會染成血紅一片。**

我是葉池，雷族的巫醫。在我們抵達新營地的第一個晚上，我在夢中得到了這條預言。在夢裡，我盯著湖面倒映的星空，這時，湖水變成了血紅色。

然後我聽到一個聲音在低吟：「在和平降臨之前，血，依舊要濺血，而湖水將會染成血紅一片。」

我知道，它的意思是，在這裡獲得和平之前，到處都會被鮮血染紅。可我又該怎麼做呢？事情又會在什麼時候發生呢？

當泥爪和鷹霜聯合起來反抗一鬚時，我懷疑這就是預言暗示的事件。後來，我又覺得可能是指獾的襲擊。但這條預言反覆地出現在我的夢裡。我知道棘爪在夢裡與火星見面。我當然擔心那將會導致什麼後果。

因此，當我聽到火星遭到致命的危險時，以為他被棘爪背叛了。我責怪自己沒有及時警告我的父親。

但是，我錯了。

是棘爪的弟弟鷹霜設下了對付火星的陷阱。棘爪為了保護自己的族長，與鷹霜激戰，並殺死了他。這就是預言中所謂的「湖水將會染成血紅一片」。

鷹霜死在自己弟弟的爪下。當鷹霜的血濺入湖裡，將湖水染紅時，我就知道，我永遠不可能和血親戰鬥。我無法想像棘爪當時的感覺。我想，至少現在，這裡終於和平了。

# 醫療
# 巫醫

葉掌，妳是否願意堅守巫醫規範、對部族間的衝突對立保持中立、對貓族子民一視同仁、盡心保護，甚至不惜犧牲性命？

我願意。

那麼以星族的力量，我賜予妳巫醫之名。

葉掌，從現在開始，妳的名字是葉池。

如果沒有巫醫對藥草知識的掌握和對病患的同情，就沒有哪個部族能夠生存下去。這些貓還負有一種精神上的職責，他們與星族之間有著超乎尋常的強烈聯繫，使得他們可以接收並解釋徵兆，指引部族穿越黑暗。

大多數巫醫的命運生來就註定了。從很年輕的時候起，這些特別的小貓就被吸引到巫醫窩去。他們對藥草非常感興趣，常常會做奇怪的夢。巫醫能看出哪個小貓將成為優秀的巫醫見習生。如果小貓也同意，他或她就會被帶到聖地（月亮石或月池），經歷一種祕密儀式，加入巫醫的行列。

巫醫的一生並不輕鬆，但非常有價值。儘管巫醫不能有伴侶或小貓，但他們深受整個部族的愛戴與尊敬。他們投入全部的精力，以戰士們無法辦到的方式保護族貓。他們也知道，星族會為他們保留一個特殊的位置。

## 葉池的想法

# 不僅僅是藥草

從我還是隻小貓時，我就知道我希望成為巫醫。我看過煤皮照顧生病的貓，也看過她在育兒室為我母親檢查身體。我希望自己也能那麼溫和、友善、聰明。我想知道怎樣治病，怎樣解讀來自星族的徵兆。我想不出還有什麼比這更重要的。我知道，巫醫永遠不能有小貓。但我沒想過這對我意味著什麼。我從沒想過我會墜入愛河。

在我還沒成為見習生之前，煤皮就讓我在她的窩裡幫忙。由於我沒有和姐姐一起參加戰士見習生訓練，她感到很失望，但她理解這對我有多麼的重要。我成為巫醫見習生時，煤皮帶我去月亮石參加了儀式。那是一種神祕的儀式，涉及了包括星族在內的所有的部族巫醫。在那之前，我從沒覺得自己離星族那麼近……太不可思議了。等到我們獲得完整的巫醫名號後，還會有另一個儀式。

我真的很想詳細地告訴你，但這實在無法

訴諸言語。事實上，我經歷的這些儀式與其他的巫醫經歷的並不一樣，因此我被禁止談論它。或許那裡頭真的存在一些永遠也不應該被說出來的祕密吧。成為巫醫既是最好的事情，也是最可怕的事情。認識所有的藥草，治療生病的族貓，這種感覺非常棒。而且不僅如此，我還知道星族非常信賴我。我是替他們傳遞資訊給族貓的使者。我必須理解他們想要我們怎麼做，否則我們就會厄運臨頭。從某種意義上來說，我就是我們部族的守護者。

我的朋友蛾翅是河族巫醫，但她並不相信星族的存在。這讓我為她感到悲哀——她正在失去她這一生中最重要的部分。有一陣子，星族無法與她取得聯繫，害得她的整個部族陷入險境。但現在，她有了一個名叫柳掌的見習生。星族能和柳爪對話。這樣，傳遞我們祖先智慧的溝通橋梁就能持續存在，不會中斷。

我們在部族裡贏得了很多尊重，但同時，我們的責任也很沉重。如果我犯了錯誤，就可能導致某隻貓的死亡。而正因如此，你也必須小心對待你自己的朋友。我會向你展示我們的藥物清單，但你千萬不要自己去嘗試它們。你並不是巫醫。在森林裡，我們不得不利用能夠找到的一切，但寵物貓們卻有某種被稱為獸醫的兩腳獸來照顧他們。這是我的朋友柯蒂告訴我的。

據我所知，獸醫就是兩腳獸巫醫。他們會治療病貓，可是他們能用的藥草比我們多得多。別讓任何生病的貓擅自去嘗試這些藥草——要嘛來找我，要嘛帶他們去獸醫那裡。請相信我，他們也會因此感謝你的！

# 重要的藥草及其用途

## 琉璃苣葉

咀嚼後服用。你可以透過其小小的藍色或粉色星狀花朵，以及絨毛葉片，來分辨出這種植物。對哺育中的貓后非常有用，因為它能幫助她們增加產奶量。同時還能用來退燒。

## 牛蒡根

一種長著黑色葉片的長梗薊，氣味刺鼻。巫醫必須將根挖出來，清洗掉髒東西後，將其咀嚼成漿狀物。可用來處理被家鼠咬的傷口。可治療感染。

## 貓薄荷（也被稱為假荊芥）

聞起來味道鮮美，是一種在野外很難發現的多葉植物，常常出現在兩腳獸的花園裡。是治療綠咳症的最佳藥物。

## 山蘿蔔

一種味道香甜的植物，長著類似風尾蕨的大片散開狀葉子，開白色小花。葉汁能用來處理被感染的傷口，咀嚼它的根則有助於緩解腹痛。

## 蜘蛛網

森林裡到處都有蜘蛛網。注意，收集蜘蛛網時，不要把蜘蛛也弄進來！巫醫將蜘蛛網包裹在傷口上，用來吸收血液，保持傷口潔淨，能夠止血。

## 款冬花

一種開花植物，有點像蒲公英，花朵呈黃色或白色。它們的葉子能被咀嚼成漿狀，服用後可緩解咳嗽。

## 聚台草大葉片

小鈴形花朵是它的主要特徵，顏色有粉紅色、白色和紫色。這種植物肥大的黑色根莖可被咀嚼成膏狀，用來治療骨折或鎮定傷口。

**酸模**

一種和酢漿草類似的植物。它的葉子經咀嚼後可用來治療抓傷。

**榦橡葉**

於秋季時收集並儲存於乾燥的地方。可用來防止感染。

**小白菊花**

類似雛菊的小灌木，服用葉片後可降低體溫，尤其適用於那些發燒或著涼的貓。

**秋草**

一種開著豔黃色花朵的高大植物。將它做成藥膏敷在傷口上，對傷口恢復非常有益。

**蜂蜜**

一種由蜜蜂製造的香甜金色液體。想收集到它而不被蜜蜂螫傷，是非常困難的，但它能夠很好地預防感染，還可以緩解被煙嗆到喉嚨的貓的痛苦。

## 馬尾草

叢生長莖的高大植物，生長在潮濕區域。葉片能用來治療被感染的傷口。通常被咀嚼後用來外敷。

## 杜松莓

長滿帶有尖刺的深綠色葉片和紫色漿果的灌木植物。漿果能緩解腹痛，有助於治療呼吸困難的貓。

## 薰衣草

一種矮小的紫色開花植物。能用來治療發燒。

## 金盞花

一種貼地生長的亮橙色或黃色花朵。花瓣或葉片可被咀嚼為漿狀，作為膏藥敷於傷口，防止感染。

**老鼠膽汁**

味道難聞的液體，是驅除扁虱的唯一藥物。用吸滿膽汁的小塊苔蘚輕拍在扁虱身上，它就會立刻掉落。使用完之後，要在流水中澈底地清洗腳掌。

**罌粟籽**

從乾枯的罌粟花中抖落的小種子，貓服用後可順利入睡。用來舒緩受到驚嚇的情緒或者是苦悶的心情！哺乳中的貓后要慎用。

**刺蕁麻**

多刺的綠色種子，能用來治療吞下毒物的貓。葉片可用來緩解傷口的腫脹。

**艾菊**

一種味道強烈的植物，開著黃色圓形的花朵。有助於治療咳嗽，但必須小劑量的服用。

## 百里香

服用這種藥草能安撫焦慮、緊張的情緒。屬於多葉綠色植物，生長於溪流或潮濕的泥土中。通常被咀嚼成漿狀，然後供腹痛的貓服用。

## 野蒜

服用一小塊野蒜有助於防止感染，尤其適用於被家鼠咬傷等的危險傷口。

## 錡草

一種開花植物，葉片可製成外用藥膏，敷在傷口或抓痕上可排毒。

## 注意

### 死莓

對小貓和長老可能產生致命毒性的紅色漿果。它們不是藥物。被兩腳獸稱為紅豆杉漿果。千萬小心！

# 部族以外的貓

## 血族

**部族特點：**嚴格來說，這並不是一個部族。它由一群貓組成，主要是為了達到在惡劣的生活環境中互相保護的目的，組織鬆散。這群貓並不遵守戰士守則，也不信仰星族，沒有各種儀式，對年輕的貓也不進行正式訓練。他們的族長依靠強勢和恐嚇進行領導。

**棲息地：**兩腳獸地盤。

**族長：**鞭子。

一隻體型較小的黑貓，長著一雙冷冰冰的藍眼睛，聲音很尖。他戴著一個被他殺死的狗和貓的牙齒所串成的項圈。他殘酷、狡猾、致命，只一擊便要了虎星的命。

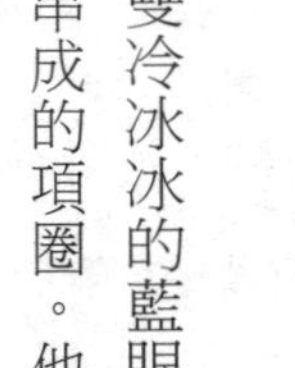

**副手：**鞭子並沒有正式的副手，但跟他最親近的是一隻名叫骨頭的黑白毛綠眼公貓。骨頭體型龐犬、肌肉發達。他替鞭子完成了所有的下流勾當，從而鞏固了這隻黑貓的領導地位。

**重要歷史：**在與剛成為影族族長的虎星達成一筆交易後，血族來到森林，幫助影族驅逐其他部族。而作為回報，血族被授予了在森林裡狩獵的權力。

火星跟鞭子講了虎星的過去，告訴他虎星怎樣試圖掌控整個森林，卻又一次次地以失敗告終。為了滿足對權力無止境的貪欲而撒謊、背叛、謀殺他人。

因此，鞭子拒絕代表虎星作戰。當虎星堅持自己的要求時，鞭子便殺死了他，僅僅一擊就奪去了他的九條命。

虎星死後，森林部族團結起來共同對抗血族，將他們驅逐出森林，趕回兩腳獸的地盤。鞭子則喪命於雷族首領——虎星最大的對手——火星的爪下。

# 大麥的過往

## 逃離血族

遇到法茲之前，我從未對自己在血族裡的生活產生過懷疑。我以為，所有的貓都生活在恐懼之中，都擔心受到鞭子的某個寵臣的懲罰。我以為，每隻貓都不得不在兩腳獸的垃圾堆裡扒找著食物。

我以為，所有的貓都得睡在黑暗、寒冷的巷子裡，擔心有一天會病得太重，或是變得太老，無法再照顧自己。我的母親教我和我的兄弟們怎樣搜尋食物，怎樣進行戰鬥。她愛我們，但她必須擺出嚴厲的姿態，否則我們永遠都學不會如何生存。等到我們十二個月大時，她把我們趕出了她的窩。她別無選擇。鞭子下令，所有的貓都必須自謀生路。我想，他是害怕強大的家族會對他構成威脅。只要我們一個個被分割開來，我們就都得依靠鞭子。我知道，我的兩個兄弟會去找骨頭，並且努力成為鞭子防衛隊中的一員。

他們崇尚力量與權力，希望自己也能擁有

一些權力。而儘管違反了規定，我還是與妹妹生活在一起。維奧萊特是隻弱小的貓，淡橙色的毛髮上長著深橙色的條紋。她的腳掌又小又白，看上去太過優雅，根本不該落在我們跑過的堅硬轟雷路上，也不該站在我們被迫扒找食物的骯髒垃圾堆裡。我們在一個兩腳獸公園的灌木叢下找到了能住下兩隻貓的洞。

這並不是一個多好的窩。雨水會從枝條間滲漏下來，落住地面上，弄得我們瑟瑟發抖，渾身濕透。而且附近總是有兩腳獸出沒，很多時候他們還帶著狗。那些惡狗會在我們窩的入口處用力地嗅聞。

維奧萊特被兩腳獸和狗嚇壞了，我更擔心骨頭會發現我們生活在一起。我說服她一直待在窩裡，因為這樣更安全。我可以為我們兩個尋找食物。我想，這樣她就應該安心了。晚上，當公園變得空空蕩蕩時，她可以出來在月光下伸展四肢。

有幾次，當我叼著兩隻老鼠時，遇見過骨頭。當他朝我咆哮時，我會把兩隻老鼠都放下，告訴他這是獻給鞭子的。儘管他知道我在撒謊，但他喜歡這樣，就像我明知一轉身，那些老鼠就會消失在他口中一樣。

有一次，我在鞭子作為窩的垃圾場旁，遇到了正在巡邏的我的兄弟們。一開始，我差點兒沒認出他們。他們的目光陰冷殘酷，脖子上都串著有牙齒的項圈。我停下腳步，看著他們闊步朝我走來。

「加珀？」我說道，「胡特？」

「我們不叫那些名字了。」胡特冷笑道，「我叫蛇。」

「我叫冰。」加珀嘶吼著，「千萬別打算在這裡狩獵！」

我趕緊離開。鞭子的鬥士們已經把我的耳朵抓得夠爛了。事實上，我的肋骨還在隱隱作痛，因為遇見法茲的那個早上遭到了一頓毒打，後腿也還在流血。更讓我沒有想到的是，骨頭和他的一名衛士決定，在我身上向一對可怕的小貓示範格鬥技巧。

他們離開後，我來到一條小轟雷路旁，搜尋森林邊緣的獵物。一隻兩腳獸不知道從哪裡冒了出來。我跳上最近的一棵樹，飛快地越過一道柵欄，接著砰的一聲跌落在草地上。

「喵！」一個聲音在呼喊，「你這也叫跳躍嗎？」

我繃緊全身的肌肉，準備逃跑，但實在喘不過氣，爬不起來。我躺在那裡，一隻奇怪的貓邁步走來。我能從他的氣味判斷出他不屬於血族。他身上有奶味和兩腳獸的氣息，脖子上套著一個淺藍色的項圈，吊在項圈上的一個小銀鈴隨著他的動作叮噹作響。他比血族貓更胖，一身灰色的長毛柔軟而整潔。他盯著我，彷彿月亮掉進了他家的院子。

「我叫法茲！」他向後一躍，伸出爪子擺出戰鬥的姿態，「你叫什麼名字？」

「呃——大麥。」我回答道。

「你好，呃大麥。」法茲說道

「不，只有大麥。」我說。

「好吧，只有大麥。」法茲說。

我開始覺得，他絕不是我遇見過最聰明的貓。

「你應該讓我的兩腳獸幫你看看那隻受傷的腿。」

「噢，不！」我想像不出還有什麼比這更可怕的事情了。

「別擔心。」法茲咕噥著，「他們一直在做這些事。這是他們的工作。」他大叫起來，聲音足以吵醒在森林另一頭沉睡的怪獸。兩腳獸窩的門打開了，一隻樹那麼高的公兩腳獸走進花園裡。

我的眼前突然一黑。等到我醒過來時，發現自己正躺在什麼軟綿綿的東西上，周圍暖暖的。我慢慢地睜開眼睛。

法茲的臉離我只有一隻老鼠的距離，他正睜大他的綠眼睛盯著我看。

「你醒啦！」他的語調又驚訝又高興，「喝點牛奶吧。」

我轉過脖子去聞我的腿。它被一張柔軟的白色網狀物包裹著，我感覺好多了。我試了試站立，意識到可以將體重落在這條腿上，疼痛並不劇烈。

「我在這裡待了多久？」我問法茲。

「一整天。」法茲高興地說道。

「我必須回到妹妹身邊。」我邊說邊爬起來，「她一定非常擔心。」

「好吧，但走之前先吃點東西。」法茲催促我。

我伸出舌頭舔光了盤子裡剩下的金槍魚。味道太棒了。

法茲帶我穿過門上的一個活動小門。然後我回到院子裡，鑽過柵欄，趕緊跑向公園。

當我回到窩時，月亮已高掛在天空中。

「維奧萊特？」我鑽進枝條下的黑暗中，「維奧萊特？」

骨頭的氣味飄進我的鼻子。緊接著，陰影中的他開口了：「你妹妹不在這裡。」我頓時僵住了，渾身的肌肉硬得像石頭。「她，她在哪兒？」我結結巴巴地問道。

「她來找過你。」黑白相間的貓站起來，伸直了長而健碩的四肢。他的雙眼在殘破的月色中閃著寒光。「你這個家的構成可真有趣啊，大麥。你和你的妹妹一起住在這個窩裡。這難道沒有違背規定嗎？」

「我只不過是在照顧她，」我說道，「我們對鞭子毫無威脅。」

「這得由鞭子決定。」骨頭嘶吼著，「走吧。」他鑽過灌木叢，皮毛刷過荊棘刺時一點兒也不在意，彷彿他對它們毫無感覺。我緊緊跟著他。當我們來到鞭子所在的垃圾堆時，我的心沉入了谷底。

那隻小黑貓正棲息在由兩腳獸棄物堆成的小山上。他項圈上的牙齒和他的爪子，像他的眼睛一樣，閃爍著冰冷的寒光。

貓群聚集在小山周圍，等著看即將要發生的事。鞭子下方，有一個被垃圾圍成的圓圈，我的妹妹正聳著肩膀坐在那裡。她睜大雙眼，眼中充滿著恐懼。

「維奧萊特！」我衝上前大喊道。但骨頭走了過來，他揮舞著腳掌，搧在我頭上，把我打倒在一旁。我感到頭暈目眩，搖了搖腦袋。

「我們就要這樣對待違反規定的貓。」鞭子用他那可怕的高音吼道。他朝自己左邊的陰影輕揮尾巴。於是，我的兄弟們出現在月光下，他們怒吼著，露出了牙齒。

「不！」我大喊道，「放開她！如果非要這樣就來打我吧！她不構成任何威脅啊！」

「沒錯。」鞭子咆哮著，「是你違反了規定。你必須受到懲罰！」他用舌頭舔舐腳掌，讓我們全都等著。那實在是漫長而可怕的等待。接著，他低頭看著我，惡狠狠地抽了抽鬍鬚。「對你而言，有什麼懲罰比讓你親眼看著妹妹死在你面前更好的呢？」

「不！」我哀號起來。可不等我動彈，骨頭便跳到我身上，將我壓倒在地。眼看著蛇和冰大步走向維奧萊特，我只能無助地掙扎，爪子在地上胡亂地空抓。然後，我那可憐的小妹妹便倒在地上，她的腿無力地抽搐著，血從她的身上湧出。我驚恐地看著蛇和冰舔乾淨留在他們腳掌上的血然後潛回暗處。鞭子點點頭，看上去很滿意。接著，他也融入了黑暗之中，追隨者們也跟著一同消失。骨頭抬起腳掌，用不屑的眼神低頭望著我。

「別再試圖挑戰血族。」他喝斥道，「勝利的總是我們！」

接著，他也消失在黑暗中。

我向維奧萊特爬去，呼吸越來越急促。她是那麼的安靜、那麼的嬌小，我用鼻子輕輕地磨著她的臉。忽然，她睜開了眼睛。

「大麥。」她咳了一聲，「救救我。」

她還活著！我發瘋似地想止住從她腹部那長長的傷口裡湧出的鮮血，可我對該如何治療卻一無所知。

這時，我想起了法茲和兩腳獸。儘管很危險，但這是我能想到的唯一方法。

我輕輕地咬住維奧萊特的後頸，將她拖出垃圾堆。她痛得不停地小聲叫喊，但沒有掙扎。我拖著她，沿著那條小轟雷路，來到法茲居住的兩腳獸柵欄前，將她放在小路上，拚命嚎叫起來。

很快地，法茲從洞穴裡衝了出來，臉上還是那種明顯的困惑表情。他躍上柵欄頂，有些猶豫地盯著我和維奧萊特。

「那是誰？」他大聲喊道，「她是我見過最漂亮的貓了！她為什麼那麼傷心？我的天哪，她還在流血嗎？你們的兩腳獸究竟是怎麼了？他們為什麼不好好地照顧你們？」

「法茲，我需要你的幫住。」我喘著氣說道，「我需要你的兩腳獸替我照顧維奧萊特。」

「你要去哪？」法茲睜大眼睛茫然地問道。其實，在他提問之前，我根本沒考慮過這個問題。我知道自己不能留在靠近血族的地方。而只有在這個兩腳獸窩，妹妹才安全——只有我離得遠遠的，她才會安全。只有那樣，鞭子和骨頭或許才會忘了我們。

「森林的那一邊。」我說道，「拜託你，你願意照顧她嗎？」

「當然。」法茲搖了搖尾巴，「看上去，她吃不了多少金槍魚。或許，我還能分享她的那份。」他朝維奧萊特歪了歪頭。

這時，他身後的門打開了，黃色的光線射入花園。我低下頭貼在維奧萊特耳邊。

「你現在安全了。」我說道，「維奧萊特，我愛你。」

她對著我眨眨眼：「我也愛你，大麥。」

「我永遠都是你的哥哥，無論我們分隔多遠。」

「再見，只有大麥！」法茲說道。

我衝過轟雷路，跳上一棵樹。我從那裡看到，兩腳獸將門打開，牠看見了維奧萊特，並發出一種悲傷驚訝的聲音。然後他彎下腰，輕輕地將她撿起。根據牠抱著她走回窩的樣子來看，我相信這隻兩腳獸會照顧好她。

我不知道為什麼會那麼堅信我可以信任牠，但我就是相信。法茲跟在他們後面，蓬鬆的長毛刷過門框。我最後看了一眼兩腳獸窩，然後便轉身向樹林狂奔。當我在樹林裡疾速前行時，我能聞到周圍有貓的氣息，但我擔心他們和血族一樣，因此我沒有停步。我穿過一條溪流，跑過一片被四棵高大橡樹守護著的空地，爬上一段石質斜坡，發現自己站在一片開闊的荒野上。我跑得更快了，彷彿要想活下去，就只能這樣做。我希望自己和血族之間能夠盡可能分隔地越遠越好。

最終，當太陽從遠處的山間升起時，我來到了一處巨大的兩腳獸窩。這裡有乾草、老鼠和陽光的味道。經過短暫的探查，我判斷出兩腳獸常常來這裡，但逗留的時間並不長。這讓我覺得安全而友善。這裡與兩腳獸地盤黑暗的小巷和冰冷的水坑完全不同。

我鑽進一堆乾草，蜷伏下來，呼吸著香甜溫暖的空氣。

在這裡，我會很安全。我可以安全自在地過我自己的生活。或許有一天，我會回去看我的維奧萊特——可能她正和法茲以及他的兩腳獸們開心地生活在一起。也許她會因為一直吃魚而變胖，也許她會和兩腳獸一起睡在床上，幸福地喵喵叫。更重要的是，我們逃離了血族。鞭子再也無法傷害我們。

# 急水部落

**部落特點：**部落貓比森林貓體型更小、更瘦。他們在自己的皮毛上塗抹泥巴，以便形成與岩石接近的偽裝顏色。部落貓生來要嘛就是護穴貓，要嘛就是狩獵貓，在訓練時被稱作半大貓。他們的戰士祖先屬於殺無盡部落，是一群出現在樹葉的沙沙聲和流水的潺潺聲中的貓。他們的至上聖地是尖石洞。在那裡，巫師能通過雨水從岩頂滴落的方式，以及月光下石筍和鐘乳石的投影來解讀徵兆。

**棲息地：**山地。

**營地：**瀑布後面的一條岩石小路通向的一個巨大山洞。洞和瀑布一樣寬，湍急的流水將它與外面的世界隔開。山洞在山體下延伸。狹窄的通道通向兩邊，一邊通往尖石洞，另一邊則通往育兒室。貓群睡在山洞裡鋪滿苔蘚和蒼鷺羽毛的空地上。一股細流順著一塊長滿青苔的岩石，匯集成一個清澈的小水池，為貓群提供新鮮的飲用水。

**族長（被稱為巫師）：**尖石巫師，簡稱巫師，是一隻充滿智慧的棕色老虎斑貓。他扮演族長和巫醫的角色，負責解讀尖石洞裡出現的徵兆，指引他的部落遵照殺無盡部落傳遞來的徵兆行事。

## 尖石巫師的徵兆

# 銀毛貓的到來

今晚，有陌生的貓來到我們的洞穴中。他們正在返回森林家園的途中，但他們一定不能在這裡長時間地逗留。他們說，一種恐怖的危險正在破壞他們的家園。所有的森林貓將被迫踏上一段前途未卜的征程……

我們也正在一種恐怖的危險中掙扎。我不能把這告訴那些陌生的貓。我擔心萬一讓他們知道了，他們便會馬上離開山地。可是，他們其中的一員必須拯救我們，使我們免於尖牙的殘害。

我從岩壁上讀出了陰影的漣漪，讀懂了月光中的水滴。我看到明亮的灰色毛髮在池子裡閃爍。徵兆很明顯，一隻銀毛貓，不是急水部落的貓，將從尖牙的利爪中拯救我們——這就是殺無盡部落對我們的承諾。

六隻貓渾身透濕，瑟瑟發抖地進入我們的洞穴裡。他們面黃肌瘦，精疲力竭，滿腹狐疑，其中一隻還受了重傷。我聽到他們在低聲議論我們，並沒有意識到我的聽力有多好。他們看出了我們正在擔心著什麼。

我相信，那隻銀毛貓一定就是他們之中那個叫暴毛的。天空中只有一抹彎月，但他的毛髮仍然反射出黯淡的銀光。

那隻名叫棘爪的虎斑貓是他們的首領，但另一隻小黑貓和一隻玳瑁貓似乎隨時都敢向他發起挑戰。那隻名叫鼠掌的薑黃色母貓也一樣，但我能從她皮毛的每次漣漪中察覺出她對他的尊敬。他們倆之間一定隱藏著什麼——一種更漫長、更黑暗、更危險的命運，我甚至不願去看。不過，那不會影響到我的部落。

等到陌生貓的毛髮都乾透了，我才看到隊伍裡的另一隻銀毛貓——暴毛的妹妹，羽尾。預言裡說的會不會是她呢？不，一定是暴毛。他身上有一種勇氣和自豪，他肩上蘊藏的力量足以戰勝我的任何一隻護穴貓。

不管他將透過什麼方式來拯救我們，我都希望這件事能快點發生，我的部落已經失去了太多的貓。尖牙不僅奪走了那些貓的生命，還奪走了我們整個部落賴以生存的自豪、快樂和兇悍。現在，我們只是部落殘餘的影子，為肆無忌憚的殺手那寒光閃爍的尖牙利爪而憂心忡忡。

殺無盡部落，我懇求你們指引那隻銀毛貓，讓他把我們從尖牙的利爪中拯救出來，讓我們重享和平。

## 無賴貓與獨行貓

無賴貓是指那些違背了戰士守則，犯下罪行，而遭到驅逐的部族貓。這些貓通常心懷仇恨，像背叛者一樣地生活在部族領地上或周圍地區。獨行貓則是那些既不生活在部族裡，也不與兩腳獸為伍的貓。他們獨自生活和狩獵。對於部族貓而言，獨行貓可能更友善，甚至對他們很有幫助。

**大麥：**一隻黑白相間的公貓，他逃離血族，成為生活在森林裡的一隻獨行貓（可參考大麥的過往：逃離血族）。他的家在風族領地北邊一個溫暖的穀倉裡。戰士們前往石林的路上，經常路過他的農場。因此，大部分部族的貓都知道他。經營農場的兩腳獸並不在意他生活在那裡，因為他能減少囓齒動物的數量。有一次，藍星帶領四隻雷族貓返回森林，結果遭遇家鼠的攻擊。大麥勇敢地前去支援。後來，他還在風族前往營地的途中，把自己居住的牲口棚提供給他們作為庇護所。血族來到森林時，他幫助火星發現了對方的弱點，使獅族

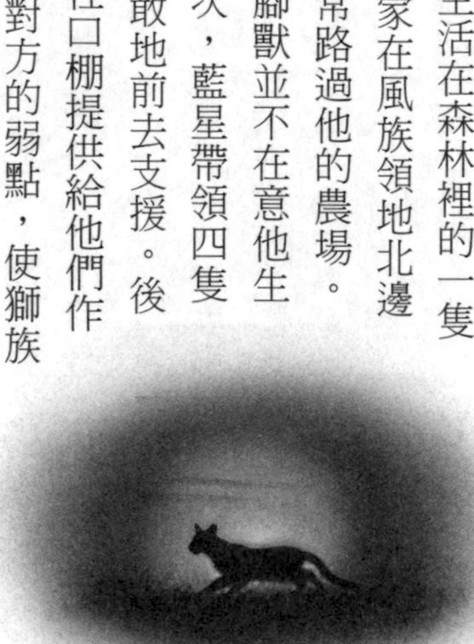

得以戰鬥。

**烏掌：**一隻體型較小的黑色獨行貓，最初是一名雷族見習生，導師是雷族副手虎爪。在陽光岩的一次戰鬥中，烏掌看到虎爪殺死了雷族副手紅尾。這使得烏掌的生命受到了威脅。在火爪的幫助下，他逃出雷族營地，安全地來到大麥的穀倉。他在那裡生活得很開心。獨行貓的生活方式比部族貓的生活方式更適合他。

**莎夏：**一隻黃褐色無賴貓。虎星徵募血族時，她與他相愛。她為虎星生下了兩隻小貓，蛾翅與鷹霜，並帶著他們到河族尋求更好的生活，因為她自己對撫養小貓並不感興趣。後來，她勸說他倆重回自己身邊，放棄遷往部族的新家園，但沒成功。

**波弟：**一隻年老的棕色虎斑公貓，部族貓在前往太陽沉沒之地的途中遇到了他。波弟竭盡全力幫助他們穿過糾結不清的轟雷路和兩腳獸窩，雖然未必是最短的路線！他試圖向年輕貓警示山地的危險，但無論他怎麼說，他們命中註定必須走那條路。

**小灰、黛西和絲兒：**這三隻貓是生活在靠近馬場的穀倉裡的獨行貓。他們不狩獵，因為兩腳獸會餵養他們。因此，許多部族貓認為他們是無用的寵物貓。小灰是一隻肌肉發達的灰白色公貓，雖然表現得十分冷漠，但並非不友善。他在部族貓參加第一次大集會的路上遇到他們。他是黛西的小貓小莓、小榛和小鼠的父親。黛西是一隻藍眼睛的乳白色母貓。她帶著小貓們加入了雷族。絲兒是一隻小巧的灰白色母貓，她的小貓們被那些無毛獸（他們對兩腳獸的稱呼）帶走了。

## 黛西的想法
# 我唯一的願望

「你的小貓呢？他們到哪裡去了？」

霎時間，穀倉彷彿成了一處巨大的禁地，有數以千計的地方可以對小貓們造成傷害。

我在絲兒身旁的一堆乾草裡抓扒。她最近剛生了小貓——但小貓們失蹤了。「他們連眼睛都還沒有睜開！甚至還不能走路！」

絲兒側身躺在一抹陽光下，眨著悲傷的大眼睛看著我。

「是無毛獸。」她解釋道，「我的小貓才剛出生，就被他們抱走了。他們奪走了我的第一窩小貓。」

「他們為什麼要這樣做？」

「也許他們覺得，穀倉裡有三隻貓就夠了。」絲兒說道，「也許還有其他穀倉需要貓。」

我將尾巴捲到腹部，彷彿這樣就能保護肚子裡的小生命。從它們踢踹和蠕動的情形來看，我想應該有三隻小貓。

「可是——你就再也沒見過他們了嗎？」我輕聲問道。

「一開始他們還在這裡。」她抬起一隻腳掌舔了舔，「但一轉眼就全都不見了。」我仔細地觀察她的表情。我想，她比表面看起來的樣子更加心碎。「那我必須離開，」我說道，「我要帶著我的小貓遠離那些無毛獸。」

「你要去哪？」絲兒問道，「怎麼生存？就靠你自己去填滿嗷嗷待哺的一堆嘴巴？」她說得對。我不習慣依靠自己。我不知道該如何餵養我自己或是我的小貓們。我也會懷念與絲兒和小灰的友誼。

「那些新來的貓怎麼樣？」我忽然想起來，「就是遷往湖區的那些貓？」

「他們是一群奇怪的生物。我不明白，他們為什麼不找一處溫暖的穀倉生活呢？」絲兒說道，「露天一定又冷又濕。」

沒錯，我討厭那種感覺。但其中的一些野生貓看上去卻很友善。有一隻白色公貓還朝我點了點頭，作為首領的那隻橘貓擁有一雙溫暖的綠眼睛。

絲兒瞇起了眼睛：「除了知道他們數量很多以外，我們對那些貓一無所知。」

但我相信他們會幫助我。如果有必要，我可以帶著小貓去那裡。我知道，小灰不會試圖阻攔我。他向來都更關心絲兒。或許離開這裡之後，我也能找到一隻貓，像小灰和絲兒那樣，能與我互相關懷，他也會照顧好我的小貓。我知道，穀倉之外存在著可怕的東西，但我確信那些野貓會保護我和孩子們，讓我能看著他們漸漸長大。我已經替孩子們取好了名字：鼠、莓和榛。他們將會成為健康、強壯的貓，我會陪伴他們走過成長的每一步。

## 寵物貓

與兩腳獸生活在一起的貓被稱為寵物貓。他們載著項圈，通常膽小溫和、害怕部族貓。他們的兩腳獸會餵養他們，因此他們不需要狩獵。一旦超出了兩腳獸花園的範圍，他們對領地的概念便會非常模糊。

**史莫奇：**一隻友善、豐滿、知足，毛皮黑白相間的公貓。他住在火星隔壁。那時候，火星叫做羅斯提。他並不覺得森林或者部族的生活有什麼吸引力。

**公主：**火星的妹妹。一隻輕盈的棕色虎斑貓，胸前和腳掌是白色的。她對森林很感興趣，並讓兒子小雲成為一隻雷族貓。不過，她也發現森林的生活很可怕。她永遠無法離開她的兩腳獸自己去森林捕食！一開始，小雲在適應戰士守則的過程中遇到了一些麻煩，而且她從來不相信星族，但她仍不失為一名勇敢而忠誠的雷族戰士。

**柯蒂：**甜美、勇敢的藍眼睛虎斑寵物貓。柯蒂逃離她的兩腳獸，只是為了在回家前找點樂子。結果，她被正在毀滅森林的一群傢伙抓住了，與其他野貓一起被關進一個籠子裡。在這裡，她和葉掌成了朋友。她們被營救出去的時候，柯蒂便和葉掌一起去了雷族。而儘管她很想在部族遇到困難的時候給予族貓幫助，但充滿危險和暴力的生活並不適合她。最終，她還是回到了兩腳獸的窩裡。但她永遠也忘不了她的朋友葉掌。

**雅克和蘇珊：**雅克是一隻碩大的黑白相間的公貓，一隻耳朵有裂口。蘇珊則是一隻小巧的虎斑母貓。他們住在影族湖區領地中的兩腳獸窩裡。他們倆都心懷敵意，充滿危險，因為沒有戰士守則指引著他們。當戰士貓進入他們的領地時，他們會襲擊年輕或虛弱的貓，藉此發洩自己的不滿。雷族曾幫助影族教訓過他們一次。

**米莉：**輕盈的灰色虎斑母貓。灰紋被兩腳獸抓住時，米莉和他成為了朋友。當灰紋決定離開尋找自己的部族時，米莉選擇離開她的兩腳獸，跟他一起去森林。儘管她曾被當作寵物貓餵養，但灰紋教會了她如何戰鬥，她也致力於成為一名真正的雷族戰士。

# 其他動物

## 狐狸

擁有紅棕色的毛，蓬鬆的大尾巴，鋒利的牙齒與尖鼻，外表看起來有點像狗。

生活在巢穴中，通常會躲藏在灌木叢底下的沙地裡。

通常都單獨行動或與孩子一起。

個性卑鄙、多疑，大多有敵意。他們並不吃貓，不過會為了好玩而殺生。

大多數的情況下，他們都在夜間獵食，身上帶有一股難聞的氣味。

## 獾

一身黑色的短皮毛，體型碩大，又尖又長的鼻上有一條白色條紋。有一雙又圓又亮的小眼珠、有力的肩膀和鋒利的爪子。

不是生活在岩洞裡，就是生活在地洞、灌木叢下或樹根下。

通常都單獨行動或與孩子在一起，身上有特殊的體味。

有時候會獵捕年輕的小貓，他們會用巨掌用力猛攻獵物，或是對獵物致命一咬。獾的頷部擁有驚人的咬囓能力，一旦被他們咬住，獵物幾乎不可能脫逃。

**午夜：**一隻與眾不同的貓，住在太陽沉沒的地方，對貓沒有敵意。她和星族具有某種特殊的聯繫，既會貓語，也會狐狸語。正是她向貓族傳遞了部族必須離開森林這一訊息。

## 狗

體型差異很大，小至像小貓，大到像小馬，各不相同。有長毛的，也有短毛的，有白色、棕色、黑色、灰色或雜色的。既有可能是尖鼻子，也有可能是塌鼻子，耳朵要嘛低垂著，要嘛豎立著。會發出巨大的怒吼聲，喜歡追逐貓。

主要生活在兩腳獸的窩或穀倉中。野狗則可能隨處休憩。在最近的部族歷史中，有一群狗在岩石下面的洞穴裡安了家。

音量大，速度快，牙齒鋒利。很多狗看上去深愛它們的兩腳獸，只跟兩腳獸交朋友。有理論認為，其實大多數狗都非常笨，並不會構成真正的危險。但狗群則總是可怕的（可參考雷

族，亮心的回憶：疾掌之死）。

## 食肉鳥

他們是帶有翅膀的食肉動物，長著彎鉤狀的嘴巴和鋒利彎曲的爪子。包括了隼、老鷹、獵鷹和貓頭鷹。

他們在空地、樹木枝枒，或者懸崖邊緣築巢。他們的視覺非常敏銳，能遠距離觀察獵物。隼和老鷹在白天狩獵；貓頭鷹則出沒於夜間。

他們會從天空俯衝而下，抓走包括小貓在內的獵物。紋尾先天失聰的兒子小雪便遭遇了這樣的命運。

一場森林大火燒毀了營地的防禦掩護，一隻老鷹便趁機襲擊營地。急水部落創造出了聰明的方法來捕抓這些鳥類。

## 馬／綿羊／奶牛

四條腿的牧場動物。

馬的個頭十分高大，有著光滑柔順的鬃毛和尾巴，以及巨大沉重的蹄子。

綿羊的樣子就像是點綴在綠色草地上的毛茸茸的雲朵。

奶牛可能是黑白相間的，也可能是棕色的，一定要避開他們的蹄子。

他們生活在被巨大的柵欄圍起來的空地上，有時則是在堆滿乾草的兩腳獸牲口棚裡。

絕大多數情況下，他們是無害的。然而，當你穿過他們所在的領地時，一定要多加小心。疾馳的奔馬或是跺腳的奶牛都可能在不經意間就把一隻貓給踩扁。

## 家鼠

棕色的皮毛，烏溜溜的眼睛，長著無毛的長尾巴和鋒利門牙的囓齒動物。比小貓大不了多少。生活在諸如影族領地內的垃圾場，或是任何能夠找到兩腳獸食物的地方。群居，喜歡集體行動。個體對貓毫無威脅，但他們往往在數量上占有壓倒性的優勢。被他們咬到後，傷口可能會感染。在夜星擔任族長的那短暫階段裡，僅僅一隻家鼠便使整個影族受到感染。

## 兩腳獸

個頭高大，皮膚光滑，頭上長著一些毛髮的動物。靠兩條腿行走。生活在碩大的四方形窩裡。窩有堅硬的頂和地面，周圍常有精緻的花園和柵欄。也被稱作是無毛獸或是直立獸。兩腳獸坐在怪獸肚子裡到處轉悠，似乎很喜歡狗。可能的話，應盡量避開他們，因為他們可能會隨時做出一些令人匪夷所思的事情來。例如砍倒一棵樹，放一把火，或是毫無理由地把一隻貓給關起來。

# 神話

每個部族都有各自的傳奇——祖先們偉大的歷險被代代相傳下來。但不管是哪個部族，都流傳著關於遠古巨形金貓統治森林的故事。獅族有著太陽光般的流線鬃毛；豹族動作敏捷，毛髮有著如急馳腳掌般的黑色斑點；虎族毛髮的黑色條紋有如影子般在身上晃動，夜晚將它們的黑暗投射在虎族的靈魂中。這些巨貓已經消失，卻將他們特殊的天賦傳給後代。

# 豹族是怎麼獲得河流的？

在很久以前，鬱鬱森林還沒被兩腳獸入侵的時代，三個強勢的貓族在禿葉季的冰凍期召開了一次大集會。

獅族族長——金星高傲地向前一步怒喊道：「有一頭野豬正在森林裡撒野。」

「在森林裡撒野的野豬可多著。」豹族族長捷星甩動尾巴，不屑地回應道。

「但這一隻和其他野豬不一樣。」金星咆哮道，「牠身材壯如馬，獠牙粗如楓樹樹枝，黑色鬃毛鋒利如荊棘。牠還殺死了我們一位見習生！」

「我知道那頭豬。」虎族族長影星抖抖耳朵嘟噥道，「我們將牠取名為盛怒！兩天前，一隊虎族獵捕隊在森林裡遇到牠，但牠卻避開了我們。牠的力量大得足以對付十位貓戰士，那兇殘的獠牙只要輕輕咬一下，就可以殺死我們任何一位戰士。」

「哈！」集會中突然發出一陣輕笑聲，貓

群立即分散開來，盯著那位名叫疾足的戰士貓看。「這種野獸根本就無法和豹族戰士對抗，」她高亢說道，「我們跑得比牠快、比牠更聰明，輕而易舉就能打敗牠。」

「哼，是嗎？」影星怒斥道，「那你怎麼不去殺死牠？」

「我倒是也想瞧一瞧，你是否能說得到做得到！」金星也咆哮說。

「沒問題。」疾足高傲地回應。

「當然這是有條件的，」捷星立即補充說，「如果成功，豹族可以獲得河流作為獵捕的新場所。」

「哼！」影星瞇起眼睛。

「好，」沒想到金星卻答應了他的要求，「如果疾足真的能殺死那頭豬，豹族就可以獨占河流區域一個月。在這段期間裡，其他部族不得狩獵。」

捷星表示贊同地點點頭，他從岩面一躍而下，衝出空地。豹族戰士也緊緊跟隨其後一同離開。

等到他們的身影消失在視線外後，影星便轉身對著金星說：「有些事情我們並沒有告訴疾足。」

「我知道，」金星回覆道，「她很快就會發現的，放心吧，我們不會被迫失去河流與周遭的獵捕環境的。」

當晚，對野豬的獵捕行動隨即展開。

疾足搜尋牠的氣味追蹤著，然後便在一棵高聳的橡樹下發現牠正用鼻子摩蹭地面。疾足吼叫一聲，奮力一撲，野豬被嚇得倉皇轉身逃走。疾足在森林裡緊追不捨，一下躍過坍塌在地的樹幹，一下縮起身子鑽過灌木叢，拚命追逐著。

最後，他們衝過一片空地，野豬來不及停下來，一頭栽下懸崖。疾足緊緊追隨，縱身一跳，也躍入懸崖底下湍急的河流中。她發現野豬在奔流的河中拚命掙扎，於是用爪子扣住牠的背，將牠按入水中，直到她感覺自己憋氣憋得肺部都要爆炸了。

太陽的光芒照進峽谷間，疾足和盛怒都被沖上河岸邊，那頭野豬的命已垂絕。

疾足努力地站起身來，抖落身上的水滴，大口大口地喘氣呼吸。

接著，她看到令她全身毛髮都豎起的恐怖東西。

一頭更大、更兇猛的野獸正站在河岸邊，她是盛怒的伴侶，很少離開巢穴。金星和影星都很清楚這件事，盛怒的伴侶叫做狂爆。

疾足和狂爆在河岸邊大戰了兩天兩夜。最後，疾足將狂爆引誘到河岸邊的踏腳石上，讓牠不慎跌落河中，直至淹死。

金星和影星為自己的私心而感到羞愧。這位年輕的豹族戰士戰勝了兩名可怕的對手，解救了各部族。因此他們決定讓豹族擁有權利，獨享河流區域的獵捕環境。

豹族就是因此而贏得了河流區域。

## 蛇是怎麼來到森林的？

很久很久有一條蛇生活在蛇岩的黑暗洞穴裡，她叫做嘴足，是整座森林裡唯一的蛇。她鋒利毒牙的嘴巴不只會噴射致命毒液，還能吞下一整隻活生生的貓，各個部族的戰士都曾死在她的嘴裡。各族族長禁止他們的族貓到蛇岩，以防有更多的貓喪生在她口中。

日毛想要證明自己是一名偉大的戰士，唯有殺死嘴足才能獲得森林裡每隻貓的尊重。某天一個太陽尚未升起的清晨，他偷溜出營地，獨自來到蛇岩，並對著嘴足的窩大喊：「出來和我決鬥！」接著用後腿朝嘴足的石洞猛踢，意圖激怒她。

嘴足從洞裡蜿蜒滑出，蛇信如閃電般不停地閃動。她的身體有十隻狐狸長，如同吞了十隻幼獾的粗，雙眼是邪惡的紅色細縫。身上的鱗片在黎明微光的照耀下不停閃動。

獅族戰士是她最愛的食物之一，她高興地露出尖利的牙齒，霎時，猛然向前一撲。但年

輕的戰士動作更靈巧，立即從一塊岩石跳到另一塊岩石。嘴足則再次噴灑毒液，鞭子般的尾巴攪起陣陣塵煙。雙方你來我往持續一整天，嘴足的攻勢始終無法對日毛造成威脅。

最後，嘴足失去了戰鬥意志。

「我已經在這些岩縫中生存了數百年，」她嘶嘶作響地說，「如果你饒我一命，我就幫你實現一個願望。」

勇敢的戰士想了一想，然後大吼說道：「我希望妳的身體變得跟貓尾巴一樣短。如果妳能變得這麼小，我就允許妳繼續在蛇岩裡生活。」

「這就是你的願望？」嘴足的眼神中閃過一絲邪惡的光。

「對。」日毛回答。他知道，對森林裡的巨貓而言，一條小蛇無法構成威脅。而他將成為英雄。

嘴足開始前後翻滾、扭動，巨大的煙塵因她而翻騰。等到一切歸於沉寂以後，日毛嚇得往後一跳。

一千條和貓尾巴一樣長的蛇覆蓋在地面上，吐著蛇信。現在，蛇岩裡不會只有一條巨蛇，而是有更多凶猛殘暴足以致命的小蛇。

日毛不敢相信自己居然闖下了大禍。他深深感到恐懼與自責，連忙跑回營地，向族長坦承發生的一切。

一開始，金星非常地氣憤。「你鑄成大錯了！」他大吼道，「你應該知道，跟蛇交易絕對不能討價還價。他們非常地狡猾，擅於欺騙他人。」

「我知道。」日毛耳朵併攏地低下頭，坦承他的過錯。

「不過，」金星說道，「你還是為森林做了一件很重要的事。小蛇雖然危險，但不至於像嘴足那樣險惡。現在戰士們不用擔心會被她一口吞下，或是被那致命的毒牙撕咬。」

「沒錯。」日毛受到鼓勵而振奮起心情。

金星原諒了這名勇敢的戰士。畢竟，日毛不會是第一隻，也不會是最後一隻被草叢的蛇所欺騙的貓。

# 虎族的斑紋是怎麼來的？

巨大貓族剛開始進入森林時，虎族和獅族身上的皮毛都是純金色，不過獅族還多了陽光般燦爛洋溢的長長鬃毛。虎族貓非常忌妒獅族貓的金色棕毛，同時也忌妒豹族貓的動作比任何一族的貓還要迅速。這種忌妒感令他們非常痛苦且自卑，所以他們的生活習慣變成在夜間獵捕，白天則躲藏在陰影中。

一隻名叫刺牙的虎族戰士自卑感特別的強烈，所以他開始在夜晚襲擊其他部族，偷走他們的小貓，掠奪他們的獵物。虎族族長影星知道刺牙的行為以後，並沒有制止他這麼做，因為她的內心也被忌妒所蒙蔽。

有一天，刺牙靜靜地潛返回營地時，一隻被他叼在嘴邊的獅族小貓，發出可憐的喵嗚聲。

影星看到那隻小貓時，頓時勃然大怒。

「她是小花瓣，你偷來金星唯一的女兒！」她大吼道。

「沒錯！」刺牙將小母貓放在地面上，驕傲地回答道。

小花瓣發出一聲哀鳴，然後將口鼻埋在腳掌中。

「你知道你做了什麼事嗎？」影星怒斥道，「這意味著要開戰！救不回這隻小貓的話，獅族貓是絕對不會善罷干休的。如果做得太過分，他們甚至會殺光我族。」

「我們只要迎戰就好了。」刺牙生氣地反駁道。

「讓虎族戰士們白白送死？有這個必要嗎？」影星嘶吼道，「這根本就沒有意義。我們必須立刻把金星的女兒送回去。」

當天晚上，影星召集了一次大集會，在獅族還未發動攻擊行動前，他們就主動將小花瓣還給金星。但這樣的舉動也等於間接承認，刺牙就是進行夜間偷襲的那隻貓。金星和捷星因此強烈要求影星必須阻止虎族戰士這種不光彩的行為。

「真不公平！」刺牙抗議道，「虎族身軀缺乏特色，只是不具備任何特殊能力的金黃色大貓而已。如果我們也像獅族和豹族一樣，能擁有可以區分我們特徵的皮毛就好了！」

「閉嘴！」金星喝斥道，「影星，你的部族必須接受懲罰。虎族一個月內都不能在白天出現，皮毛不能被陽光照射到，你們也不能和其他部族貓談話。這一個月內就等於沒有虎族的存在，直到你們完全停止偷襲的舉動為止，那麼你們在下一次大集會時就可以重新加入部族。」

於是，接下來整整一個月內，虎族只能在夜間出沒，並且遠離其他部族。

當下一次滿月之夜到來時，在月光照耀下步入大集會的虎族讓所有貓都嚇一跳。

「太不可思議了，你們的皮毛變了。」捷星驚訝地說道。

原來虎族因為長時間在陰影下走動，原本金黃色的皮毛出現了一條條烏黑的紋路。刺牙非常的高興與驕傲，虎族現在終於和其他族一樣，身上都有著與眾不同的皮毛花色了。

而從這件事以後，所有的虎族貓從一出生皮毛上就帶有斑紋。

# 貓戰士辭典

**鴉食：**腐壞的食物。

**狐狸屎：**羞辱的形容詞，比「鼠腦袋」的意思還要強烈。

**新鮮獵物：**剛剛獵殺的獵物。

**大集會：**滿月時的聚會，讓四族間保持和平的會議。

**綠咳症：**一種嚴重的胸腔傳染病，可使小貓和長老致命。

**綠葉兩腳獸地盤：**夏天時人類才會拜訪的地方（像是露營地、度假村等）。

**半橋：**船塢。

**馬場：**靠近湖邊的牧場和馬廄，半馴養的貓住的地方。

**主人：**寵物貓對他的人類的稱呼。

**寵物貓**：被人類豢養的貓。

**新葉季**：春天。

**綠葉季**：夏天。

**禿葉季**：冬天。

**落葉季**：秋天。

**獨行貓**：安全地獨自住在自己地盤的貓，但不會防禦領土。

**怪獸**：車子或推土機等人類使用的機器。

**月升**：午夜。

**鼠腦袋**：不太聰明的意思。

**老鼠屎**：一種侮辱的說法，強烈程度介於鼠腦袋和狐狸屎之間。

**無毛獸**：對人類的另一種稱呼。

**一個月**：一個月。半月等於兩週。四分之一月等於一週。

**無賴貓：**住在部族之外的敵對的貓，通常不會在同一個地方逗留過久。

**分享舌頭：**指貓互相修飾打扮。

**銀毛星群：**銀河。

**太陽沉沒的地方：**西邊的一面大海。

**日升：**中午。

**轟雷路：**道路。

**食樹獸：**推土機。

**兩腳獸的窩：**人類的房子。

**兩腳獸地盤：**人類的城市。

**兩腳獸：**部族貓對人類的稱呼。

**直行獸：**另一種對人類的稱呼。

**白咳症：**輕微的胸腔感染。

WARRIORS

# 貓戰士

## 《貓戰士漫畫版》、《荒野手冊》、《貓戰士外傳》，貓迷們收齊了嗎？

**外傳系列：**
以單一貓戰士為主角的故事。
陸續出版中

**荒野手冊：**
帶領讀者深入了解貓族歷史。
1～4 集 定價 930 元

---

## 貓戰士漫畫版

《灰紋歷險記》、《烏掌的旅程》、《天族與陌生客》

每集定價：290 元

國家圖書館出版品預編目資料

荒野手冊. I, 部族解密 / 艾琳.杭特著 ; 古倫譯.
-- 初版. -- 臺中市 : 晨星, 2013.11

面 ;　公分. -- (貓戰士 ; 31)

譯自 : Warriors field guide : secrets of the clans

ISBN 978-986-177-773-3(平裝)

874.59　　　　102018567

荒野手冊 I Field Guide

# 部族解密 Secrets of the clans


| | |
|---|---|
| 作者 | 艾琳·杭特（Erin Hunter） |
| 譯者 | 古倫 |
| 責任編輯 | 郭玟君 |
| 校對 | 林儀涵、鄭乃瑄 |
| 封面插圖 | 韋恩・麥勞夫林（Wayne McLoughlin） |
| 封面設計 | 王志峯 |
| 創辦人 | 陳銘民 |
| 發行所 | 晨星出版有限公司<br>407台中市西屯區工業30路1號1樓<br>TEL：04-23595820 FAX：04-23550581<br>行政院新聞局局版台業字第2500號 |
| 法律顧問 | 陳思成律師 |
| 初版 | 西元2018年09月01日 |
| 再版 | 西元2021年07月12日（五刷） |
| 讀者訂購專線 | TEL：（02）23672044 /（04）23595819#230 |
| 讀者傳真專線 | FAX：（02）23635741 /（04）23595493 |
| 讀者專用信箱 | service@morningstar.com.tw |
| 網路書店 | http://www.morningstar.com.tw |
| 郵政劃撥 | 15060393（知己圖書股份有限公司） |
| 印刷 | 上好印刷股份有限公司 |

**定價 250 元**

（缺頁或破損的書，請寄回更換）

ISBN 978-986-177-773-3